COLLECTION FOLIO

Shane Haddad

Toni tout court

P.O.L

Shane Haddad est née en 1996. Elle a grandi à Paris et habite au Havre. *Toni tout court* est son premier roman.

À Gilles Haddad

— Que pensez-vous de l’amour ?

— Beaucoup de bien et beaucoup de mal. Et vous ?

— Beaucoup de bien et beaucoup de mal, dit-il.

Il rit d’un seul éclat.

Violette Leduc, *La Bâtarde*

Toni se réveille un matin avec quelque chose entre le cœur et la gorge qui lui donne un air chagrin. Le matin elle est sensible. C'est le matin d'un match, c'est un vendredi. Possible que Toni ait fait un mauvais rêve la nuit dernière, parce que cette chose qu'elle a entre le cœur et la gorge n'est pas là tous les matins. Certains matins elle a cette chose, ce qui fait qu'elle connaît la sensation. Mais certains matins elle ne l'a pas et elle oublie que la chose existe. Toni ne saurait pas comment l'appeler, cette chose. Quand la chose est là elle n'a plus qu'à regarder le plafond de sa chambre. Ce n'est pas tout à fait qu'elle attend, c'est plutôt qu'elle laisse la chose prendre son corps et laisse son corps se réveiller et laisse son corps se connecter avec le monde qui a beaucoup avancé depuis hier soir. Mais aujourd'hui c'est vendredi, et c'est journée de match. Elle ne fait pas vraiment le lien entre le match et le quelque chose qui est entre son cœur et sa gorge et qui lui donne un air chagrin. On n'est pas obligé de faire le lien entre les deux mais il est possible que les deux soient liés. Toni reste encore dans son lit. Elle entend les voisins faire l'amour. Toni n'en pense rien. Après tout tant mieux pour eux. J'aimerais être à leur place, j'aimerais l'avoir lui, quel qu'il soit. Voilà ce que pense Toni. Lui, il serait bien, quel qu'il soit, parce que j'ai beaucoup d'amour à donner. Laissez-vous aller chers voisins, profitez de tout cet amour que vous pouvez suer. Est-ce que Toni pense cela, peut-être, mais elle n'en a pas conscience. Toni a beaucoup d'amour à donner ce matin, et ce qu'elle a entre la gorge et le cœur est toujours là.

Toni ne prend pas de douche en se levant. Ça en étonne plus d'un. Elle préfère prendre sa douche le soir pour aller au lit propre. C'est important. Alors ce vendredi Toni se lève et ne se lave pas. Mais l'air chagrin reste. Si elle avait admis que prendre une douche ce matin n'était pas une mauvaise idée elle se serait permis d'aller prendre une douche et elle aurait pu, qu'on y croie ou non, elle aurait pu laver le chagrin. Il vaut mieux porter sur soi le calcaire de la ville plutôt que le sel de la mer.

Toni le sait mais Toni peut être têtue. Rien n'en sera dit.

Toni prépare son petit déjeuner. Pourtant elle n'a pas faim. On n'a pas forcément faim le matin. C'est le plaisir du goût, le goût du beurre salé. Elle aurait dû prendre une douche. J'ai pas faim. Elle ira seule ce soir. Déjà Toni pense au métro. Personne ne vient avec moi, je serai seule. Le mot peut revenir plusieurs fois et sensiblement s'ajouter à l'air chagrin. Tonitonitonitonitonitonitonitoni. C'est mon prénom. Elle décortique les sonorités et les trouve complètement inappropriées. Ce n'est pas un prénom ça. Possible qu'on gagne. Si on gagne mon père sera content. Toni, elle soupire. Inexplicable. Parfois c'est comme ça que ça se passe. La lumière est éteinte encore. Toni oublie rarement d'allumer la lumière. Mes yeux mes yeux ouvrez-vous.

Ce qui apparaît, c'est le bruit épais de la bouilloire et le ressort du grille-pain. Deux tartines qu'elle va manger et après elle aura le ventre gros. Faut pas trop que je mange. Elle pense aux frites de ce soir. Elles ne sont pas bonnes. Elle va sortir quinze minutes avant le coup de sifflet pour moins faire la queue, elle la fera quand même. Les frites sont souvent froides et moites. C'est ça, elles sont moites. Toni sourit. Elle sourit en regardant la bouilloire. Elle attend que la bouilloire fasse clic. Et puis le quelque chose qu'il y a entre sa gorge et son cœur réapparaît. Toni a encore les yeux lourds, l'air chagrin. Elle sait que ça partira un peu plus tard. La bouilloire a fait clic, c'est ça qui compte. Toni peut préparer son café. Le café du matin, c'est comme la non-douche du matin, il est important. Il doit être assez fort pour ne pas sentir l'eau mais assez léger pour être fluide. Dans le récipient Toni met trois doses. La dernière est plus légère que les deux premières. Elle met l'eau dans le café, remue le mélange avec une cuillère. Toni aime bien penser que son café est italien. Elle verse le reste de l'eau et écrase les grains avec le piston. Oui, le piston. Et elle verse le café dans une tasse. Et elle attend que le café dans la tasse refroidisse. Ça lui plaît le café du matin. Il y aura les tartines mais l'important c'est le café. La question qui s'élève entre l'air chagrin et la gorgée de café, c'est comment va se passer le match ce soir. Je préfère ne pas répondre. Elle aimerait d'ailleurs ne pas y penser tout de suite. C'est-à-dire que mes yeux sont encore gros, je le sens. Je ne veux pas me regarder dans le miroir. Mes cheveux mes cheveux. Les tartines sautent. Quel manteau. Elle va rester statique, surtout qu'elle sera seule. J'ai dit que je n'y pensais pas. Toni va mettre de la musique. La musique et bien fort. *Sweet Jane* c'est un morceau qu'elle aime mettre le matin. *Sweet Jane* par les Cowboy Junkies. C'est la voix qui est particulière. La fille chante bien. La voix de la fille et les mots Sweet Jane vont bien ensemble. La chanteuse s'appelle Margo. Toni pense souvent à Margo. Elles ne se connaissent pas. J'aimerais. Parce que Toni trouve Margo très belle. Toni apprécie les boucles de ses cheveux et la manière dont elle ferme les yeux dans les vidéos. Toni apprécie sa mâchoire carrée et sa voix d'ange. La Margo des années quatre-vingt-dix. Toni aime cette musique. Ça va bien avec l'odeur des tartines, douce Jane.

Toni boit son café, elle aime le goût. Elle le boit doucement. Et elle fredonne sur la voix de Margo. Toni essaie de faire passer la chose qui est en elle. Quand elle aura pris la dernière gorgée de son café, il faudra qu'elle se dépêche. Elle a cours bientôt. Elle a l'impression que la chanson lui dit dépêche-toi un peu Sweet Toni. Toni s'habille mais ses yeux sont toujours gros. Toujours autant que tout à l'heure, et qu'est-ce que je peux faire avec une tête comme ça. Mes cheveux mes cheveux. Toni pense que ses cheveux ne sont pas comme il faut mais elle ne sait pas comment il faudrait qu'ils soient. Aujourd'hui Toni a vingt ans. Elle se regarde dans la glace. J'ai vingt ans. Elle n'a pas l'impression d'avoir vingt ans. C'est son anniversaire et c'est jour de match. Tire la langue. Au match personne ne me regardera. Tire la langue plus fort encore. Elle ne sait plus si les filles qu'elle voit dans la tribune sont bien habillées ou pas. Est-ce qu'elles tireraient la langue comme je sais si bien le faire. Elle prend ses joues dans les mains et tire plus loin sa langue. Souvent elles se maquillent, ces filles. La tribune est un des quelques lieux où les garçons ne regardent que le terrain. Ce soir j'aimerais qu'on me regarde.

Elle retourne dans la cuisine pour beurrer ses tartines. La veille était une mauvaise soirée. Toni se souvient de ce qu'elle a entendu. Elle a entendu un inconnu la traiter de sale pute. Douce mélodie pour fermer les yeux. Elle n'apprécie pas de croquer dans sa tartine. Sa tartine a un goût pourri. C'est moi qui suis pourrie ce matin.

Elle ne sait pas ce que pense son père concernant le match, ce que pense le coach, ce que pensent les joueurs et tous les gens qui pensent à ce soir. On est enthousiaste. On se renforce. On a une tactique solide. Un 4-4-2 efficace. Elle est allée voir sur internet ce que voulait dire 4-4-2. Ça veut dire quatre joueurs en défense quatre joueurs en milieu deux attaquants qui bombardent. Pourtant on parle de foot depuis longtemps dans la famille. La première règle qu'elle a apprise c'était le hors-jeu. Elle n'y comprenait rien. Sur le canapé devant un match. Elle demande ce que veut dire hors-jeu. Parce que son père a dit à haute voix hors-jeu. Ça veut dire que quand un joueur envoie la balle vers un but l'attaquant de l'équipe du joueur n'a pas le droit de dépasser la ligne des défenseurs de l'équipe adverse tant que la balle n'a pas été envoyée. Ce n'est pas clair. Toni a demandé des explications claires. Ça a été long. Plus tard dans l'année elle a demandé à son frère. Ça veut dire que tu ne peux pas dépasser la ligne sinon t'es hors jeu. Mais quelle ligne. Tu ne la vois pas la ligne des défenseurs. Mais je ne comprends pas, tu ne vas pas dépasser ta propre ligne de défenseurs. Quoi, je ne comprends pas ce que tu ne comprends pas. Mais c'est de quel côté le hors-jeu. Comment ça tu ne comprends pas de quel côté est le hors-jeu, tu ne veux pas réfléchir deux minutes. Tu ne veux pas juste m'expliquer clairement toi. Elle a demandé encore à son père. Pas compris. Finalement les choses se sont tassées. De l'eau est passée sous les ponts. Et un jour elle a compris. Maintenant elle connaît bien cette règle. Il y en a d'autres qu'elle ne connaît pas. La règle du corner est un mystère. Toni a eu le malheur de demander. Comment c'est possible que tu comprennes le hors-jeu et pas le corner. Le corner ce n'est pas compliqué Toni, tu devrais savoir. Ce n'est absolument pas logique que tu ne comprennes pas le corner. Toutes les personnes qui lui ont répondu n'ont jamais défini la règle du corner. Elles m'ont simplement regardée comme une idiote. Avec de gros yeux et une grimace de pitié. Merci chers amis, je m'en délecte. Maintenant Toni fait semblant. Il faut savoir faire semblant. Un bon supporter est un supporter qui est dévoué. Qu'il connaisse ou ne connaisse pas les règles. On m'insulterait si je disais ça tout haut. Mais moi je suis un bon supporter. Elle le sait Toni, qu'elle supporte bien. Elle supporte sans doute mieux que les autres supporters. Elle a plus à supporter en tout cas. Parce que le foot chez elle ce n'est pas que la joie de la tribune. Toni en sait plus que les autres. Je ne veux pas être prétentieuse. Toni ne veut pas être prétentieuse, ce n'est pas ça. C'est juste qu'elle sait, au fond, en savoir plus que les autres supporters. Elle aimerait être un supporter normal. Ça non plus je ne le dirais pas tout haut.

Toni se force à croquer encore dans la

tartine. Pourquoi tu fais ça. Elle a envie de vomir. Je ne veux pas avoir faim en cours. Toni n'aime pas entendre son ventre gargouiller. Elle sait que tout le monde l'entend. De manière générale on entend les ventres gargouiller. Les gargouillis sont une force de la nature. Incontrôlables. Alors elle croque la tartine. Pour pas que l'on m'entende. Pour être une étudiante parmi les étudiants. Le café est bon et ça c'est le signe d'une bonne journée. Je dois m'habiller. Toni enfile des vêtements, s'attache les cheveux, retourne dans la cuisine. Toni continue à boire son café, son café d'anniversaire. Toni ne dira pas qu'elle aimerait dîner en famille. Toni ne dit rien. Elle est contente d'aller au match. Ce soir elle fêtera son anniversaire dans la tribune et sans doute elle sera la seule à le savoir. Toni sait que son frère n'y pensera pas. Parce que ce n'est pas important. Ce qui est important c'est le match de ce soir. Et à défaut d'un cadeau elle aura l'euphorie des supporters. Être supporter c'est comme faire partie d'un amour tragique. J'aime et j'aimerais ne pas aimer. J'espère qu'on va gagner. Il y a quelque chose de pâteux dans l'air que je n'arrive pas à décrire. Si l'équipe gagne ce soir on monte en deuxième ligue. Toni imagine ce qu'il se passera si ce soir est une victoire. Les grilles seront ouvertes, les spectateurs courront sur la pelouse. Une journée de montée. Toni apprécie de connaître quelques mots de vocabulaire sur le football. Elle savoure ces mots de temps à autre. Un plaisir personnel. Et ce n'est pas tous les jours qu'on monte d'une division. Avec la suffisance excitée dans la voix, le visage qui balance, le demi-sourire, le supporter dit ce n'est pas tous les jours qu'on monte d'une division. Non ce n'est pas tous les jours. Tous ces supporters qui se lèvent à ce moment précis et qui sont déjà exaltés par la journée qui les attend. Ce soir on ne garde pas les enfants, on ne va pas prendre un verre avec les amis, on n'embrasse pas sa jolie femme. Ce soir c'est match et c'est journée de montée. Ce soir c'est l'ivresse des cris dans mes oreilles. Vous ne pouvez pas comprendre. Si l'on fête cette journée sur la pelouse je n'aurai qu'à penser que c'est pour mon anniversaire. Vous ne pouvez pas comprendre. Une joie trop violente pour qu'elle puisse n'être que joie.

Mes cheveux mes cheveux. Qu'est-ce qu'il y a dans cette peau, dans ces hanches, dans ces seins. Pourquoi cette forme de visage, ces épaules. Hier il y a eu cet inconnu qui lui a dit sale pute et il y a eu M. Je ne t'aime pas. Toni le savait déjà. Toni le sait. Il n'y a pas eu de surprise. D'abord le sale pute puis ces mots je ne t'aime pas. Toni tu le sais. Que ce n'est pas possible. Non enfin, ce n'est pas possible. Ce n'est pas ça entre nous. Ce n'est pas ça entre nous ce n'est pas ça entre nous ce n'est pas ça entre nous ce n'est pas ça entre nous. Tu as le droit de le dire même si tu as tort. Je l'ai glissé dans son oreille hier soir, tard. Il dormait. Mon cher M., tu as le droit de le dire même si tu as tort. Toni ouvre la fenêtre de sa cuisine. La fenêtre donne sur une cour. La musique s'est arrêtée depuis un certain temps. Ce qui lui colle à la peau n'est pas parti.

Elle lève les yeux. Elle avait oublié que le ciel était là, aussi. Elle sent le vent passer, le vent est calme. Beaucoup de pensées traversent l'esprit de Toni. Comme si elle sentait les connexions se faire entre les choses du cerveau. Il n'y a rien dans le ciel. Pas de nuage, pas de soleil. Pourquoi le ciel est bleu, un bleu si clair. Les choses sont bien faites ici pour que le ciel ait une couleur si décidée. Elle apprécie le vent qui passe sur son visage. Toni pourrait presque dire que cette solitude-là n'est pas désagréable.

Tous les matins Toni retrouve cet homme bien gras. Sa moustache appelle les insectes, sa calvitie est brillante et le reste de sa chevelure est durci par le gel. Il ne sent pas bon, il sent l'eau des toilettes. Ils ne se sont jamais parlé et sans doute l'homme ne remarque pas Toni. Assis sur le banc, le dos courbé et l'attitude pressée. Il pose son vieux cartable en cuir à ses pieds. Ses yeux de taupe n'ont pas l'air de saisir grand-chose. Ni les numéros de bus, ni les marches, ni les passants. Son regard ne se fixe pas. Il se frotte les cuisses. Il doit avoir froid comme moi. Tous les matins je le regarde. Toni ne voit pas le bus arriver. Il la dépasse à l'instant précis où elle se demande si le bus arrivera bientôt.

Toni s'arrête et grogne. Tonitoni pourquoi tu ne cours pas. Elle regarde le bus ralentir, elle regarde les portes s'ouvrir, elle regarde l'homme bien gras monter. Elle regarde le bus partir. J'aurais dû essayer. Il ne l'a même pas vue au loin. Il ne s'est même pas dit peut-être que la fille que j'oublie sans cesse sera là ce matin. Le café annonçait une bonne journée pourtant. La frustration monte comme des fourmis des pieds à la tête. Madame ne me regardez pas comme ça. J'ai raté mon bus vous comprenez, vous comprenez, mon bus je l'ai raté.

Les passants la bousculent. Épaule droite épaule gauche poteau dans le ventre, épaule droite épaule gauche poteau dans le ventre, klaxon juron. Une danse contraignante. Épaule droite épaule gauche poteau dans le ventre, klaxon juron. Une danse abrutissante. Un piéton lance une insulte lassée. Ressort, au milieu des passants et des bruits, l'injure de la veille. Cette chose est toujours là, à lui dire qu'elle et Toni ne se comprennent pas. Comme un insecte qui dérange. Qui mange doucement une partie du corps, on ne sait pas trop quoi.

Toutes ces lumières déjà allumées. Les points rouges et blancs se mêlent au jaune en mouvement, les bandes blanches éblouissent. Le sol est humide. Elle marche sur quelque chose de mou. Un gant de femme. Toni le ramasse. C'est que je collectionne. Au stade il n'y a pas de feu rouge comme celui auquel elle devrait bientôt s'arrêter. Au stade les passants ne sont pas des passants. Ils courent sans doute comme nous ce matin et ils se retrouveront ce soir pour chanter. Ils se retrouvent pour s'arrêter. Tous ces gens sont lents. Toni ne veut pas s'embourber dans cette masse qui s'arrête au feu. Elle esquive et contourne. Elle jette des regards à qui veut bien les voir. On ne lit pas vraiment ce qu'il y a dans les yeux de Toni. Un visage doux, des yeux sombres peut-être. La peau est tranquille mais les yeux, les yeux sont perturbés. Tu es si douce mon chéri. C'était ce que sa mère disait. Tu es si douce mon chéri. Ils s'arrêtent avec tant de discipline et de silence. Regarde-moi Toni mon chéri, oui à te regarder comme ça, je vois ta douceur nichée quelque part. On la devine. Recoiffe-toi maintenant. Les voitures éclaboussent les piétons. Toni trouve son chemin. Recoiffe-toi on dirait un animal sauvage. Tu as un si beau visage. Tu seras belle ma fille. Douce, si douce mon chéri. Par un réflexe inespéré Toni recule d'un pas avant que le vélo ne l'enfourche. Un bruit sourd se dégage. Le cycliste ne s'arrête pas. Salaud. Coup de guidon dans le bras. Ça va bien mademoiselle. Toni se plie en deux. J'ai eu peur. Elle se plie et se tord. Mon ventre. Ça va oui. Je ne me sens pas bien. Vous avez pris un choc. Toni est toute blanche. Elle sent quelque chose monter. Monter, remonter. Dans un souffle involontaire Toni vomit dans le caniveau. Voilà mon gâteau d'anniversaire.

Les gens qui entourent Toni la regardent avec un étonnement étrange. Et puis les voitures s'arrêtent, les piétons traversent. Il n'y a qu'elle qui reste plantée, le corps plié. Tous la contournent. Je gêne le passage. On lui donne un mouchoir et un chewing-gum. Toni force un sourire crispé, retenu, involontaire. Ne me regardez pas comme ça. Comment je te regarde Toni. Dis-moi comment je te regarde. Dis-moi. Réponds-moi. Tu dois apprendre à te défendre Toni. Tu dois apprendre à exprimer. Exprimer avec la bouche, articuler des syllabes. Décris la manière dont je te regarde. Vous me regardez avec ce regard. Avec quel regard Toni. Est-ce que j'ai de la rage dans les yeux. Tu sais ce que veut dire la rage. Est-ce que je te regarde avec de la tristesse. Peut-être avec de la pitié. Est-ce que je te regarde, Toni, regarde-moi, est-ce que je te regarde avec de l'amour ou de la tendresse. Il avait sa main sur mon épaule. J'attends. J'attends que tu me dises avec quel regard je te regarde et après, bien entendu, tu pourras aller jouer avec tes amis. Tu donnes ta langue au chat. Sa main ne bougeait pas. Point de chaleur qui montait jusque dans sa nuque. Tu as perdu tes mots. Je n'y crois pas et j'attendrai le temps qu'il faut. Enlevez votre main. Tes amis t'attendent Toni. La classe était vide. Vous me regardez avec, vous me regardez avec de la pitié. Il retire sa main.

Il s'agit de continuer maintenant. Avance Toni. Mes cheveux mes cheveux. Elle ne peut pas plier son bras. Je ne peux pas plier mon bras. Toni doit penser au match de ce soir. La douleur est dans la tête. Ils me disaient ça. Tu sais mon chéri, la douleur est dans ta tête. Ils étaient des adultes, ils avaient raison. Il s'agit de continuer. Toni mâche le chewing-gum qu'on lui a donné. Toni se relève et marche. Elle retourne dans le bruit. En sortir est un calvaire. On voudrait ne jamais y retourner et pourtant on y retourne. Déjà devant elle un camion occupe le trottoir. C'est une livraison de poissons frais. Les odeurs envahissent la rue. Le cageot de poisse passe devant elle. Empilés et répugnants. De l'autre côté du trottoir une femme tente de contenir la turbulence de ses enfants. Elle traîne. L'un tire son manteau, l'autre fait mine de traverser, le troisième plonge ses mains dans les égouts. Elle ne pleure pas, elle ne râle pas. Elle sourit.

Elle les regarde avec tendresse. Elle est fatiguée comme moi mais elle est heureuse. Une sans-abri lit un journal déchiré. Posé au sol et elle en tailleur, son dos étiré au-dessus du papier. Un verre est posé devant elle. Donnez-moi de l'attention s'il vous plaît. Certains rideaux de fer se lèvent. Des serveurs arrangent les terrasses avec frénésie. Ils n'ont jamais l'air d'avoir le temps. Toni mon chéri. Je sens qu'il y a un problème. Il faut être sincère avec ses parents. Elle pose sa main sur ma tête et caresse mes cheveux. Parfois elle examine les pointes pour juger de leur sécheresse. Mon chéri, dis-nous. Crache. Crache ce qui te gêne. C'est sa voix qui me revient. Comme le visage de Margo, qui est si serein. Et la voix de ma mère. Une certaine furie. Je me souviens. Un vieil homme cassé en deux fait son chemin. La canne tâtonne, poussée par un bras tiré vers l'avant tandis que le corps s'éternise. Ses rides sont inquiétantes tant elles sont creusées. Elles sont des monts et des vallées à parcourir. Ne pose pas ta main sur mon crâne comme il a mis sa main sur mon épaule, vilaine sorcière. Le père est en arrière-plan. Il se lève pour regarder le but de plus près. Mon bras me fait mal. Devant les PMU, les poivrots sont là. Toni mon chéri tu devrais te laver les cheveux. Ils sont aussi gras que les hanches de ton père. Maintenant crache le morceau. Le chewing-gum se délite dans sa bouche. Elle le rejette maladroitement sur un pigeon handicapé. Il est accroché à son aile. Toni le regarde avec un vide si profond dans les yeux qu'il en est éprouvant.

Reviens pour dix-huit heures. Ils sont partis, un printemps, quelque part entre des collines des vignes et des champs. Je me levais sans bruit. Elle marchait sur la pointe des pieds dans le couloir. Surtout ne pas allumer la lumière. Devant la porte des parents, la chambre interdite, Toni passait avec l'ombre d'une bêtise sur le front. Rentre ce soir à dix-huit heures, à dix-huit heures tu entends mon chéri. Toni ouvrait la porte et tout lui souriait.

Au centre de la cour. Devant elle le bâtiment principal. Il est noir de pollution. Il ne dit rien. Il cache le soleil, tout est dans l'ombre. Les fenêtres sont vides. Je regarde l'université et je ne vois que de la poussière. Quelques personnes fument des cigarettes. Eux non plus n'ont rien dans les yeux. Les nuques arrondies par le manque de sommeil. Ils ne sont pas beaucoup à vouloir être ici. Je ne veux pas être ici. Là-bas les arbres déclinaient toutes sortes de verts, ils avaient l'air de foncer dans le ciel. Le ciel qui était bien plus clair et entier que celui de ce matin. Toni dévalait les marches et commençait sa course contre la montre. Les odeurs de l'herbe, de la terre mouillée par la pluie, les grillons et les discussions interminables des oiseaux. Et puis tous ces arbres à grimper. Grimper jusqu'en haut. Horrible bâtiment. Il n'y avait personne dans les environs. Elle descendait les coteaux en courant et les remontait avec encore plus de plaisir. Suffoquer à en tomber, c'était ça. Il n'y avait personne d'autre qu'elle. Pas de vache pas de mouton. Simplement les vignes et les arbres. Il y avait beaucoup de choses à inventer. Des radeaux, des cabanes, des luges. Il y avait beaucoup de choses à découvrir. Les vers de terre, les coccinelles, les araignées, les scarabées, les écureuils. Personne pour me déranger. Il y avait ce pommier qu'elle adorait, au fond, au bout, dans un endroit retiré. Dans un endroit secret. Je me souviens. Toni regarde les étudiants qui n'ont rien de secret. Ils la regardent aussi. Son bras continue de gonfler.

Lève-toi Toni. Mes cheveux mes cheveux. La porte s'ouvre et la chaleur de la salle inonde le couloir. La transpiration des étudiants, les gestes d'un professeur concentré, l'haleine fétide et familière de cette communauté de mollesse. Un léger relent monte. Les tables sont des pupitres attachés les uns aux autres dans la longueur de la salle. Elles sont égratignées par des clés, raturées par des stylos. Certains ont essayé de les trouer. Des mots, des numéros de téléphone, des dessins. Toni sait qu'en dessous, des chewing-gums défient la gravité. Surtout ne pas mettre son genou contre. Toni imagine le nombre de personnes qui sont passées dans cette salle, à ce pupitre-ci, et qui ont décidé de coller leur chewing-gum sous la table. Un chewing-gum collé à un autre lui-même collé à un autre. Tous ces doigts anonymes. Ils ont sorti le chewing-gum d'une bouche remplie de bactéries et ils l'ont collé sous la table sans trop se poser de questions. Ils ont sorti leur chewing-gum de leur bouche avec des doigts qui ont touché un mur, une barre de métro, une porte de toilettes, une porte d'entrée, une rampe d'escalier, un bouton d'ascenseur, un visage boutonneux, des lèvres avec un bouton de fièvre, une blessure au coude pleine de pus, une étagère couverte de poussière, un chat avec des puces, ou pire un chien avec des tiques. Ces doigts-là ont osé prendre un chewing-gum d'une bouche pour le coller sous la table. Toni ne doit surtout pas toucher l'envers de la table ni même regarder. Toni a déjà regardé sous la table. C'est une image que je n'oublie pas. Leur saleté lui rappelle les taches de son petit déjeuner vomi sur ses chaussures. Je suis sale comme les tables de l'université. Toni mon petit tu as vu comme tu es sale. La mère lui disait ça quand elle revenait des coteaux. Tu as vu comme tu es sale et tes cheveux, tes cheveux.

Le professeur ferme les rideaux. Le professeur empêche le soleil de pénétrer la salle. Le soleil sur le front, les yeux qui se ferment à l'écoute d'un cours aussi ennuyeux qu'inutile. Bien, veuillez noter la problématique. Parfois le soleil est aussi bon que celui de ce printemps-là. Quand elle n'inventait ou ne découvrait plus, quand elle ne voulait que le pommier et le repos, elle montait jusqu'à cette branche assez large pour l'accueillir. Toni fermait les yeux et laissait les brisures d'ombre et de lumière réchauffer son visage. Reviens à dix-huit heures mon chéri. Nous allons étudier aujourd'hui la passion chez Clément Marot. À dix-huit heures elle revenait. Dix-huit heures pour que ma très chère tendre et affectueuse mère me chagrine. Elle me prenait dans ses bras pour m'écraser. Un morceau de chocolat, un bout de pain, un verre de grenadine. Elle tirait les cheveux de Toni. Ces cheveux ces cheveux. Mon chéri Toni c'est l'heure de te faire belle pour les invités. Nous verrons en quoi la mythologie inspire le poète. Enfin il s'agira d'étudier la place de l'humanisme dans son œuvre. Les invités. Trois couples, un homme et une femme, amis de la famille depuis quelque temps. Ils venaient souvent dîner. Surtout la femme. Ce qu'il faut savoir, c'est que Lyon était au centre de la vie culturelle française. Paris n'était pas la capitale de la Renaissance. Pourquoi, parce que Lyon était la ville de l'imprimerie. Une femme d'une taille moyenne, yeux clairs et cheveux bruns. Elle était belle sans doute. Clément Marot n'est pas seul dans ce cas. Tu prends toute la place. Toni se décale. Monsieur Bernot lit sa feuille. Entre deux phrases il ouvre un peu la bouche. Il doit avoir une haleine chaude qui sent la soupe froide. Marot publie des blasons. Est-ce que quelqu'un dans la classe peut me dire ce qu'est un blason s'il vous plaît, j'en ai parlé la semaine dernière. Ne levez pas tous la main en même temps. Moi je sais monsieur Bernot mais je ne dirai rien. Personne dans la classe ne sait ce qu'est un blason. Ça ne vole pas haut. Non monsieur Bernot, ça ne vole pas haut dans cette classe où les rideaux sont fermés. Un blason est un court poème qui célèbre une partie du corps féminin. Toni sait, il va parler de la poésie pornographique pendant la Renaissance. Ce soir il y aura onze joueurs sur la pelouse que j'encouragerai loin de la poésie porno de la Renaissance. Regardez-moi monsieur Bernot. Regardez-moi et voyez ce que je fais de votre Clément Marot. Il lève les yeux. Son regard est vide. Regardez-moi monsieur Bernot. Regardez comme je me fiche du XVe siècle. Comme je me fiche des poèmes en vieux français. Les étudiants écrivent. Monsieur Bernot baisez un coup. Il lève les yeux à nouveau et croise ceux de Toni. Vous au fond, poème XXVI. Moi, c'est moi qui dois lire. Oui vous, au fond. Le rouge monte aux joues de Toni. Le silence est épuisant. Les mots ne sortent pas. Bon alors, vous lisez le poème XXVI, allez. Monsieur, je n'ai pas le livre. Bernot enlève ses lunettes, se gratte les yeux, soupire. J'ai peur qu'il sorte les crocs. Le voisin de Toni la dévisage. Dévisage-moi tant que tu veux grand blond, je n'en ferai rien. Il ouvre son livre et commence la lecture. Je te casserais les dents avec mon poing si je pouvais. Au feu Marot, au feu Bernot, au feu le voisin. Toni est écarlate. Je sens la chaleur de mes joues. Pense au match Toni, pense à ce soir, Tonitonitonitoni. Elle s'écrase dans sa chaise. Elle était assise à table, au bout de la table. Elle présidait, en face de son père, à quelques dizaines de places. Son frère était en face de sa mère, à côté de lui. Insignifiantes petites choses. Un horizon sur les invités. Un regard allongé sans parole. La table haute, la chaise trop basse, ses mains atteignaient difficilement l'assiette. Les bougies au centre installaient une chaleur doucereuse. Tétin refait, plus blanc qu'un œuf, Tétin de satin blanc tout neuf, Toi qui fais honte à la rose, Tétin plus beau que nulle chose. Son grand carré, laissant apparaître une peau lactée, avalait le tamisé de la pièce. Ma mère, ma mère était belle aussi. Plus brune et plus allongée. Ses cheveux à elle étaient un voile sombre et ondoyant. Ma mère montrait les dents sous la rondeur de ses mots. Et ses yeux tombaient dans ceux de l'homme tranquille. Tétin donc au petit bout rouge, Tétin qui jamais ne se bouge. La nourriture volait de vos bouches. Les haricots verts luisaient de beurre, croquants, vous en léchiez les bouts. Adultes connaisseurs et vicieux. Vous laissiez le gigot fondre sur votre langue et vous buviez son jus comme le vin le plus tendre. Adultes vilains à la quête d'insouciance. Vous étiez jaloux de ma jeunesse, jaloux de mon regard troué. Quand on te voit, il vient à maints, Une envie dedans les mains, De te tâter de te tenir. Les enfants ne comprennent pas tout. On se fiche qu'elle soit à côté, parle-moi quand je te parle. À bon droit heureux on dira, Celui de lait qui t'emplira, Faisant d'un tétin de pucelle, Tétin de femme entière et belle. Tu l'as fait comme je l'ai fait. Avoue ta faute, avoue ton erreur que l'on balaie tout cela une fois pour toutes. Idiote, ne me mens pas. Parle plus bas, ta fille est à côté. C'est toujours là, ce qu'il y avait dans ma poitrine ce matin, c'est toujours là. Elle aimerait l'expliquer. Je ne vous expliquerai pas. Ce soir elle sent la gagne comme l'on sent un orage d'été arriver. Ce n'est pas vous, joueurs virils et effrayés, que je viens chercher dans un stade. C'est la tribune. Dans la tribune se trouve l'excitation. La nausée revient. Elle demande de l'eau à son voisin. Toni est coincée au milieu du rang. On assiste à cette époque à de véritables concours de blasons. Tu devrais sortir. Toni se lève d'un coup. Oui demande monsieur Bernot, il y a un problème. Toni pousse tout le monde. Vous pouvez, pardon. Elle va attraper la poignée de la porte. Ça va recommencer. Le professeur dit des choses sur elle sans doute mais elle n'entend pas, elle attrape cette poignée, elle sort et ne ferme pas la porte. Le calme est revenu. Elle doit avoir des problèmes de fille. Personne ne réagit et lui sourit. Toni court dans le couloir. Les toilettes, encore une porte puis une autre porte. Elle se jette sur la cuvette. Les muscles de sa gorge se contractent, les mains deviennent moites, les yeux se ferment. Une fille à côté arrête de bouger. Toni voit ses pieds, la fille entend les bruits. On se reconnaît et l'on fera tout pour s'éviter. La cuvette est sale. Cheveux collés, poils et traces de sang. Elle vomit, elle vomit, elle ne supporte pas de toucher cette cuvette alors elle vomit encore plus. Elle transpire, les gouttes parcourent sa nuque, les aisselles chauffent, ses cheveux collent à sa peau. C'est fini. C'est allé vite. La chasse des toilettes voisines est tirée. Elle pousse ses cheveux avec ses poignets, elle se met contre le mur, s'assied par terre. Elle entend les talons de l'autre fille marcher, la porte s'ouvre et puis silence. Il faut respirer. Toni ne vit pas la journée qu'elle avait prévu de vivre ce matin. C'est mon anniversaire. Le café était bon pourtant. Le bus était là. Les yeux étaient lourds, oui, c'est vrai. Les yeux étaient lourds. Toni aurait dû se douter. Que le sale pute allait remonter. Que M. n'allait pas rester. Il y a des choses que l'on ne contrôle pas. C'est sans doute ce que l'on doit apprendre à vingt ans. Ses affaires sont restées dans la classe. Toni ferme les yeux un moment.

moi-même sans doute. Mais ce n'est pas bien grave, tout le monde le dit. Ce n'est pas bien grave. Rien n'est grave à l'université, rien n'est important. Tonitoni on y va. Elle met la main sur la poignée. Ces poignées ont dû être touchées par un bon nombre de personnes. Et puis Toni retire sa main. Plafond je n'ai pas envie. Je n'ai pas envie d'écouter un cours sur quelque chose en *isme.* Je n'ai pas envie je n'ai pas envie je n'ai pas envie. Il y a d'autres choses à faire aujourd'hui. J'ai plein de choses à faire aujourd'hui. Il y a plein d'autres choses à faire. Toni regarde la poignée une dernière fois. Ses yeux y sont accrochés. Elle s'en détache enfin pour aller voir ailleurs. D'ici je sens la tiédeur des salles studieuses. Les étudiants qui transpirent et chauffent sur leurs chaises. Les professeurs qui postillonnent au sol, au tableau, au hasard. Les brassées qui expliquent ou les soupirs qui désespèrent. Je sens distinctement la moiteur des salles.

Nous allons au match demain. Je n'ai pas envie. Nous allons au match mon chéri. Je ne veux pas. Nous allons au match c'est tout. Toni devait aller aux matchs. Elle partait avec sa mère soutenir elle ne savait quoi. Le terrain parlait une autre langue. Il n'y avait que les couleurs qui lui permettaient de comprendre ce qu'il s'y passait. Les verts contre les rouges.

C'est tout. Je suis au stade et c'est tout. Trop d'hommes autour de moi, des hommes partout. Et cette femme, l'amie du printemps. Elle regardait les gens avec attention. Un sourire en coin, une cigarette. Elle était nonchalante. Le poignet cassé, les paupières un peu tombantes. Elle riait sans prendre de place, ce qui la rendait bien plus imposante encore. Elle était le contraire exact de ce qu'il se passait sur le terrain. Courir, crier, taper dans le ballon. L'amie regardait sans crier, sans chanter. Simplement ce sourire en coin.

Sur une chaise Toni trouve un livre emprunté. Personne dans le couloir. Un livre oublié. C'est ce que je collectionne les jours d'anniversaire. Toni le met dans son sac. Il est avec le gant maintenant. Elle poursuit son chemin et voit dans les escaliers une photo d'identité. Elle a pris la poussière. C'est un jour de chance. Ça aussi je collectionne. Un jeune homme au visage terne. Il ressemble à cet inconnu d'hier. Les cheveux courts et un nez droit. Il est beau. Il était beau, Toni ne peut pas le cacher. Je ne le cacherai pas. Vous étiez beau, inconnu, mais vous n'étiez pas pour moi. Il s'était bordé avec du rhum et il voulait que je vienne lui faire un baiser sur le front. Idiot. Ce doit être simple de traiter n'importe qui de sale pute. Jeune homme sur la photo, tu es à moi. Toni arrive à la bibliothèque. Quelque chose d'intimidant à entrer dans un espace plein de livres. J'aime ce calme-là. Toni a toujours eu envie de s'allonger dans une bibliothèque. Je ne suis pas folle. Ce n'est pas ça. C'est simplement que le bruit ici ne résonne pas comme ailleurs. La moquette, l'odeur des pages, l'imprimante, les étudiants qui s'endorment sur leurs cours. Les étagères chargées de récits, de théories, d'histoires. Tout ça pris dans l'angoisse des devoirs, des rendus, des examens. Toni est à l'accueil. Elle attend que la bibliothécaire réagisse. Elle ne veut pas me voir. C'est une jeune femme. Ses lunettes au bout du nez, ses doigts fins qui tapent sur le clavier. On devrait être amies. Pense au match de ce soir. Elle m'ignore comme une vieille chaussette. Mes cheveux mes cheveux. Toni ne comprend pas pourquoi. Il y a des choses qui m'échappent. Le sale pute est là. La dame lève son index. Patientez, vous voulez me dire. Plante-le dans ton œil jolie dame. Toni continue son chemin. Quoi d'autre à faire. Tu veux prendre un verre. Ils s'étaient assis tous les trois à la terrasse d'un café en plein soleil. Le soleil. La chaleur m'a amollie. Toni était assise sur la chaise. Je n'avais plus de force. Je me souviens. Les bras endormis. Seulement mes yeux pour voir les trahisons. Toni parcourt les étagères. La littérature du XVIIIe siècle. Pas une âme qui vive par ici. Ils avaient croisé l'amie du printemps au marché. Le père observait minutieusement chaque fromage, balançant son regard sur l'un puis sur l'autre. Moi je me bouchais le nez. Regarde je me bouche le nez. Regarde-moi. Regarde-moi j'enfonce mes doigts dans les narines et je te tire la langue. Toni prend un livre, tourne les pages rapidement, manque d'en déchirer quelques-unes, le referme et lui rend sa place sur l'étagère. Toute cette armée de fromages. Moi je ne lécherai pas ça, pouah. Pouah papa. Toni tais-toi. Elle voit le visage de son père devenir sourire radieux. Je croyais que c'était moi qu'il regardait avec ce sourire. Alors Toni a souri. Finalement c'était l'amie du printemps derrière moi. Tu veux prendre un verre en terrasse. Et puis les fromages ont disparu. Je ne trouve rien dans ces rayons. Toni prend un livre et aperçoit dans l'espace qu'il laisse deux nez en mouvement. Parlez plus fort, je n'entends rien. Deux étudiants. Parlez plus fort, laissez-moi profiter. Ils murmurent, rien à tirer de cette conversation. L'un met ses mains sur les joues de l'autre. Tonitoni. Elle sort la photo d'identité qu'elle a trouvée par terre. C'est lui à droite. Je me souviens. Ce verre en terrasse a été de ceux qui ne veulent pas d'enfant. Ils ne voulaient pas de moi. Ils sont partis du stand de fromages sans moi. Ils se sont assis sans moi. Je suis allée aux toilettes et en revenant ils étaient partis. Je les ai vus au loin, qui partaient. Elle nous suivait, c'est ma fille aussi, elle nous suivait j'en suis certain. Il a dit ça à ma mère. Je n'ai pas perdu notre fille je t'assure. Elle s'est échappée. Oui je me suis échappée. Toni sent dans sa poitrine cette chose qui la dérange. Ça revient, ça ne cesse de revenir. Ils avaient l'air heureux et à ça je n'y peux rien. Toni n'y pouvait rien. Les yeux des enfants sont une drôle de chose. Ils savent sans nommer. Étrangement, Toni n'a rien perdu de ce regard d'enfant. Mais elle ne le sait pas. Le garçon à la photo ferme les yeux. Il va pleurer. Toni le sent. C'est vrai, je les ai abandonnés parce que je les détestais. Je vous ai détestés. Tu n'étais pas ma mère amie du printemps. Pouah. Le garçon à la photo pleure. Les mains de son ami sèchent ses larmes. Tu as une histoire maintenant, photo. Toni replace le livre. Jolies larmes chaudes. Il avait une peau fine et un tatouage dans le cou. Il a regardé ma poitrine. Sale pute. Une ombre pour la journée. Toni le suit. Les yeux verts comme celui d'hier. Des tatouages comme celui d'hier. Ce nez, le nez droit, le nez grec. Comment je suis, comment tu me trouves. Tu aimes mes cheveux, ils sont bien. Toni tiens-toi droite. Ne parle pas trop. Ce ne sera pas long. Mon chéri, si seulement tu étais plus, plus. Mes yeux pour voir les trahisons. Elle me demandait si elle était belle. Elle me demandait si elle pouvait plaire. Et puis elle me regardait. Mes cheveux mes cheveux. Je me suis regardée attentivement. Dans le miroir de l'ascenseur. J'ai regardé comme tu te regardais. À scruter chaque morceau de ma peau de jeune fille, la forme de mon nez, le tombé de mes yeux, la pulpe de ma bouche, je me suis regardée étrange mère, tu as vu comme j'ai été attentive. Installer sur mon visage le doute que tu portais comme une promesse. La porte s'est ouverte. Le garçon à la photo est assis au fond de la salle. Tu veux boire quelque chose, voilà la télévision, mets-toi à l'aise. Ils l'ont enfoncée dans le canapé et se sont enfuis. Toni s'installe en face du garçon. Dans sa main la photo d'identité. Elle avait les mains moites, si moites. Elle voulait aller aux toilettes. La vessie s'était remplie de toutes ces bulles et de tout ce sucre. Elle n'osait pas bouger. L'odeur étouffante d'une autre famille. Toni était perdue. Le garçon à la photo a encore les yeux rouges. Tu as les yeux rouges, garçon. Ton nez. Il est tout pareil à cet inconnu d'hier.

Il cligne frénétiquement des yeux, il soupire. Toni regarde chaque morceau de sa peau. Le tombé de ses yeux, la pulpe de sa bouche, ce nez droit. C'était lui peut-être. Les jambes de Toni tremblaient, elle voulait rester assise, aplatie dans le canapé. Elle ne voulait pas tourner la tête, pas bouger les bras. J'entendais les bruits sourds d'un dialogue pas très loin, mais où. Elle essuyait ses mains contre le tissu des accoudoirs. Elles gouttaient. Son ventre se gonflait d'urine. Le garçon à la photo ferme les yeux puis les cache de ses mains. Il retombe dans ses larmes. Elles coulent entre ses doigts. Toni est seule en face de lui. Leurs voix se sont évanouies. Alors Toni s'est laissée aller sur le canapé. Flaque chaude et froide. Du pipi sur les coussins épais. Ça coulait sous moi. Il s'excuse de pleurer. La table est trop large. C'était toi et je te console. Il pose une main sur la table et Toni la touche. Ce qu'il y avait ce matin dans sa poitrine reste. Je vomirai sur toi peut-être. Quand la mère est revenue j'ai vu son visage. Ton rouge à lèvres ma chère mère, ton rouge à lèvres est tout estompé.

J'aurais aimé rester chez moi et garder cette matinée pour moi. Un secret d'anniversaire. Maintenir la voix de Margo dans mes oreilles et regarder le ciel bleuir, foncer, disparaître dans l'ailleurs qui nous fait peur. Elle n'aurait pas pensé à tout ça. Je n'aurais pas pensé à tout ça. Je serais restée dans ce silence. À la place Toni est dans la rue. Elle entre et sort des magasins. Elle regarde et s'en va. Elle prend ou non. Et tout remonte, d'une manière ou d'une autre, tout remonte. Dans la ville au moins il y a assez de gens pour occuper le regard. Pour combler l'ennui. Toni a acheté des bonbons. Une femme est à son balcon au bout de la rue. Je la vois. Elle regarde ce qu'il se passe dans la rue. Les sourcils froncés, le visage fermé. On entend un chien aboyer et aboyer. Elle regarde Toni approcher. Mes cheveux mes cheveux. Elle porte une blouse de grand-mère. Des odeurs de soupe en conserve et le chien continue d'aboyer. Mais tu vas le faire taire ce roquet ou j'appelle les flics. C'est le voisin. Il a sorti sa tête d'une autre fenêtre. Tu m'entends ou j'appelle les flics. La femme ne répond pas. Moi je mange mes bonbons. La femme continue de regarder Toni. Mes cheveux mes cheveux. Tu m'entends oui sinon j'appelle les flics, je vais te le tuer ton chien si tu ne lui fais pas fermer sa gueule. Ce regard comme un radar. Toni passe sous la fenêtre. Voulez un bonbon. Toni lui tend le paquet. Tu m'emmerdes j'appelle les flics, ils vont te la piquer ta bête de malheur. La femme fait un doigt à Toni. Ta gueule Michel ou je répète que t'as violé ta femme. Les deux fenêtres se ferment. Un homme sort d'une boutique et vide un seau d'eau sale dans les égouts devant Toni. Dans la vitre d'un restaurant Toni voit un homme seul déjeuner. Il n'est pas midi. Une casquette sur sa tête, la peau flétrie, la serviette en tissu coincée dans son col, les couverts dans une main et un verre de vin dans l'autre. Il mâche sans urgence. Délicate solitude. J'aimerais vous accompagner mais je ne saurais pas comment faire. Toni soupire. Il y a quelque chose de triste dans cette lenteur. Au carrefour un sans-abri ne fait rien. Ses cheveux sont une masse sur sa tête. Il est en tailleur.

Voulez mes bonbons. Le sans-abri lève la tête. Sa barbe ressemble à ses cheveux. Sourire, ce sourire aux mille promesses oubliées. Il les prend. Des enfants sortent de l'école. Tous portent sur le dos un sac plus grand qu'eux. Le canapé était trop haut pour moi. Il était allongé, un animal repu. Toni grimpait. La télévision n'était pas grande et pendant longtemps elle est restée au sol, retirée dans une pièce. Ma tête posée sur son torse. Le cœur battait régulièrement. Qu'est-ce qu'il y a sous tes côtes. Comment vont les poumons, comment est la respiration, le cœur, attention au cœur, bien écouter le cœur. Je restais concentrée sur les battements réguliers. Si réguliers qu'ils en devenaient angoissants. Le foot était à la télé. Tous les soirs d'une vie, le foot a été à la télé. Les commentateurs et le bruit des supporters. Berceuse qui ne m'endormait pas. Toni ne comprenait pas le foot. C'est étrange comme un enfant peut aimer pardonner et détester. Tout en même temps. La patience de l'enfance. Et puis en grandissant les choses se délitent.

Toni entre dans le restaurant. Les tables sont alignées et nappées, les verres brillent, les tintements des couverts sont pudiques. Les gens chics ne parlent pas fort. Mon ventre gargouille. Pourtant je m'étais juré qu'il ne gargouillerait pas aujourd'hui. Je pourrais manger les serveurs. Toni pourrait manger les serveurs. Elle attend que quelqu'un vienne la chercher. Fais semblant. Elle dit bonjour à un serveur qui ne la regarde pas. Nous avions l'habitude d'être heureux. Elle ne pourrait plus dire. Mes cheveux mes cheveux. Toni mon chéri pose les mains sur la table. Lève le menton. Tiens-toi droite, et de ses deux mains la mère redressait le bas du dos de sa fille. Elle touchait mon ventre. Rentre-le. Comme ça tu es belle. Elle sent le vent dans sa nuque et sur ses chevilles, la porte s'ouvre, un couple entre dans le restaurant. L'homme serre la main d'un serveur, discute et le couple va s'asseoir. Vous ne me voyez pas. Toni est toujours dans l'entrée. Bonjour elle dit à un serveur. Il passe aussi. Ils se ressemblent tous. De nouveau le vent dans la nuque et sur les chevilles. Deux autres clients entrent dans le restaurant. Vous attendez. Non je n'attends pas. Pourquoi Toni. Ils interpellent un serveur, vont s'asseoir. Bonjour elle répète à un autre. L'autre répond deux minutes. C'est cela, donne-toi une raison de vivre. Elle regarde le serveur entrer en cuisine. Elle se faufile entre les tables, passe à côté du couple. Je peux vous prendre du pain. Je vous prends juste un morceau, j'ai faim, j'ai vomi deux fois ce matin et mon père va sans doute avoir du retard. Elle prend un morceau, le croque et continue son chemin. Ils n'étaient pas français. Je suis très mal élevée pas vrai. Tant pis.

Toni s'assied à une table réservée. Ce doit être ma table. Elle a une vue sur quelques clients. C'est encore calme. Dix ans d'oubli. Je me souviens de vous, le couple silencieux qui ne se regardait pas. Je me souviens de toi, le père, rire avec le serveur, lui faire une tape dans le dos, t'asseoir avec aisance sur la chaise. Je me souviens de toi le frère. Tu étais beau. Maintenant tu es moche. Tes mots hachés, ton bégaiement amnésique. Notre dernier repas. Bonjour mademoiselle, vous attendez quelqu'un. Je vais prendre une bouteille de vin, du pain grillé et du beurre pour attendre.

Il y a les habits, les chemises, les boutons de manchette, les yeux maquillés des dames. La manière dont elles portent leur verre de vin blanc à la bouche. Un raffinement vulgaire. La séduction ménopausée. Le silence des familles en décomposition. Vous connaissez sans doute. Une famille qui ne veut pas se connaître. Toni avait commandé des profiteroles. Elle était la seule à avoir pris un dessert. Ni eux ni elle ne parlaient. À la table j'étais la seule à me prétendre occupée. Je voyais sans le vouloir cette larme qui grossissait dans l'œil de ma mère. Elle et sa séduction raffinée. La larme grossissait. Elle prenait tant de place. Elle ne devait pas prendre tant de place. Tu n'es pas le centre de l'attention méchante. Toni a écrasé sa main dans l'assiette. Le chocolat a giclé. Ils ont tous sursauté. Sur la joue gauche de ma mère, une larme marron. Quand elle passera au dessert avec son père, Toni commandera des profiteroles.

Le serveur donne le pain grillé et la carte, fait goûter le vin. Vous pouvez me servir directement monsieur, je ne sais pas comment goûter le vin. Je vais vous faire goûter. Je vais le garder de toute façon. Je vous en prie, goûtez.

Toni goûte le vin. Il est à votre convenance. Non merci il n'est pas à ma convenance. Je t'enlèverai les yeux à la petite cuillère. Toni beurre les tartines. Ce soir il n'y aura pas de tartines au beurre. Il y aura les frites froides et moites. Peut-être que mon père aura fait venir un gâteau d'anniversaire. Lorsque j'arriverai, il sera devant l'entrée et il m'attendra avec un cadeau à la main. Viens, allons souhaiter bonne chance aux joueurs. Vous avez l'heure. Il est midi vingt. Ça vous embête si je vous prends un bout de pain, j'ai très faim et j'attends mon père. Ils sont aimables. Toni prend des petits bouts et enlève la mie. Elle regarde la croûte et écoute le bruit qu'elle fait contre ses dents. Elle rassemble les miettes sur sa serviette pour les manger une à une. Je n'aurai eu droit qu'à du pain. Son repas aura été l'attente.

Elle soupire encore, Toni. Je vous dérange sans doute. Je vous dérange dans cette intimité en papier mâché. Toni se lève et se dirige vers les toilettes. Elle ne se regarde pas dans le miroir, surtout pas. Mes cheveux mes cheveux. Elle boit au robinet. J'avais très soif. Ce n'est pas grave. Ce n'est pas grave, ce n'est pas grave. La prochaine fois j'y arriverai. Elle retourne à sa table, la chaise est toujours vide. Elle regarde la porte d'entrée. Tonitoni. Elle espère sans doute. Le restaurant se remplit. À midi il n'y a pas la même ambiance qu'il y a le soir, ou qu'il y avait le soir il y a longtemps. Les choses changent je crois. À dix ans Toni pensait que les choses ne changeaient pas. À vingt ans elle se rend compte que rien ne reste comme on le voudrait.

Des va-et-vient qui ne sont pas pour elle. Toni devine l'heure sur la montre du voisin. Midi quarante. Elle va compter le temps. Toni compte avec les mains posées sur ses genoux. Elle est sur la banquette, la table est serrée contre son ventre. Toni aime bien se sentir compressée parfois. Et si on regarde le restaurant depuis l'entrée, on peut deviner une jeune fille assise seule sur une banquette rouge derrière une table avec une nappe blanche et des verres qui brillent, une jeune fille qui se tient droite et ne bouge pas. Une jeune fille qui a l'air de chuchoter quelque chose. Avec un regard timide et immobile. C'est bien Toni qui attend.

Quelques serveurs ont changé les nappes. Il faut que je m'en aille. Tous me regardent comme une étrangère. Pourtant je ne suis pas une étrangère. Il faut que je m'en aille. Toni sort du restaurant. Elle était partie en courant de la maison. Toni reviens, l'orage arrive, reviens. La voix de ma mère comme une déflagration au-dessus. Les pieds ne voulaient pas s'arrêter. Éteint, l'esprit éteint. Elle est montée dans le pommier en s'écorchant les genoux et en se griffant les mains. Plus haut encore, il faut plus haut. Elle a posé son pied gauche sur une branche trop fine. Trop fine, elle était trop fine. La chute sur le bras, bloqué entre le sol et son flanc. L'os a percé la peau. Les branches ont fouetté son visage, les larmes amères roulent sur les plaies rouges. Quoi maintenant. Quoi maintenant que tu me laisses dans la rue.

Quatre cuisiniers fument des cigarettes. Uniformes blancs et toques froissées sur la tête. Posés contre le mur contre les voitures ou sur les marches. Les membres fatigués et les poches sous les yeux. Silence quand Toni passe devant eux. Chuchotements dans son dos. Leurs yeux coulent sur moi. Pense au match Toni. Sur le banc deux adolescents écoutent de la musique ensemble. Ils ont le visage de l'école buissonnière. Un chien pisse contre un arbre, une concierge nettoie la porte d'un immeuble, les voitures continuent de passer, l'air se réchauffe, un bus s'arrête, ouvre ses portes, repart et laisse apparaître les affiches rose et rouge d'un cinéma.

Le père allait à la rivière avec les voisins. Non. La mère allait faire les courses. Non plus. L'eau te ferait du bien. J'ai besoin d'aide pour les courses. Non non et renon. Souris au moins pour les invités ce soir. Non je ne sourirai plus jamais. Coiffe-toi Toni mon chéri. Toni n'écoutait pas. Je ne voulais plus rien entendre. Toni ne s'habillait plus. Toni ne dormait plus. Je ne voulais plus fermer les yeux. Il y avait des choses qui lui faisaient peur. Sans doute rien de tout ça n'est parti. Aujourd'hui c'est mon anniversaire, oui c'est mon anniversaire. Dans son sac le billet pour ce soir, un gant et une photo, un livre et rien d'autre. Ce sont mes cadeaux. Les cadeaux de la ville. Toni sent cette chose dans sa poitrine. Amie de la journée. Amie sans contour. Comme moi. Toni ne mangeait même plus. Une colère sans mots. J'étais trop jeune je crois. Lève-toi. Brosse tes cheveux. Souris. Mets la table. Va faire une sieste. Des cris. La gifle a résonné dans toute la maison.

La salle est encore allumée. Toni s'installe au dernier rang. Un pop-corn coincé sous sa fesse, une bouteille de soda vide sur l'accoudoir. Ils ne sont pas vingt dans la salle. Une musique d'ambiance. Toni pense à Margo, douce Margo. Repose-toi un peu sweet Toni. Au premier rang un drôle d'homme renverse son paquet de pop-corn dans sa bouche. Une femme ne cesse de se tourner vers l'entrée et un couple rit en faisant semblant de ne pas faire de bruit. Mais vous en faites abrutis.

Je me souviens. Toni a craché dans la salade d'un invité. Elle avait rapporté les assiettes dans la cuisine pour servir la salade. Allers et retours. J'ai craché dans une des assiettes. Mais quelle assiette, je ne sais plus quelle assiette. Elle s'est rassise à table, a examiné les regards, les rictus, le dégoût dans la gorge. Qui a mangé mon crachat. Erreur de débutante. L'homme au pop-corn change de place. Il en essaie plusieurs. La femme continue de tourner son visage vers l'entrée. Quelques nouveaux spectateurs. Au revoir demoiselle. La femme s'était approchée pour embrasser Toni sur la joue. C'était la femme du voisin. Elle se penche et Toni baisse la tête. Alors tu ne veux pas m'embrasser. Mon chéri lève la tête, lève la tête. Excuse-moi je ne sais pas ce qui lui prend. Tu n'as pas besoin je t'assure, elle n'a peut-être pas envie de me faire la bise. Bien sûr que Toni veut te faire la bise. Le menton bloqué entre tes mains. Vous êtes une idiote. Ma mère, ton visage est devenu tout blanc. La femme se tourne à nouveau. Elle lève le bras et sans aucune grâce elle salue la nouvelle arrivante. Toni connaît ces cheveux bruns. La démarche aérienne, la malice des yeux. De nouvelles rides. Mais ce décolleté. C'est l'amie du printemps. La lumière s'éteint. Mes cheveux mes cheveux. La vieillesse sur votre visage je la vois. Les mains de Toni sont moites. Mon bras me fait mal. Son bras lui fait mal. Et cette chose, toujours cette chose entre son cœur et sa gorge. Comment faire. Parce que les messages tard le soir, les regards complices, le silence langoureux, vos regards, vos regards à vous. Je me souviens. Je me souviens et aujourd'hui j'ai vingt ans.

À l'écran une musique sinueuse, gros plan sur une femme, une jeune femme, maigre et tourmentée sans doute. Un enfant dans ses bras, elle va l'allaiter. Elle a mon âge. Elle donne le lait en pleurant. La caméra passe du sein au visage, du visage au sein. Un après-midi, la sieste occupait la maison. Il me fallait de l'eau. Je marchais pieds nus. La chaleur de la maison nous déshabillait. On ne comprend pas, quand on est enfant, ce que veut dire se déshabiller. Ce que ça provoque dans les yeux des adultes. Le bois grinçait. La main de Toni caressait le mur. La porte était ouverte. Je n'y peux rien, je n'y peux rien, giflez-moi, forcez-moi, je n'y peux rien si je vous découvre au plus bas de vous-mêmes. La porte était ouverte, elle me guidait vers toi. Assis sur les marches, vos cheveux de reine, le père et sa main enlaçante. Toni a couru. Je vous ai vue trop de fois pour ne pas avoir votre visage marqué sur moi. Brûlé comme une insulte. Sonnette à l'écran. Elle entre chez sa mère. Elles discutent. Et comment va Julien. Julien n'habite plus chez moi maman. C'est fini. Et tu vas élever ton fils toute seule. Je n'ai pas trop le choix. La mère prend la fille dans ses bras. Toni se lève et descend quelques marches. Un siège en bout de rang. J'ai vu ma mère et mon père danser un soir, il n'y avait rien entre eux que de l'obligation. Verres sur verres, silences sur silences, regards sur regards, ils se sont forcés. Arrachés par la nécessité à leur flirt égocentrique. Il n'y avait pas de baiser dans le cou, les gestes n'étaient pas des caresses déguisées, le souffle n'était pas chaud. Je les regarde du banc sur lequel ils m'ont installée. Toni mon chéri viens danser. Sa mère lui avait attaché les cheveux et mis un peu de mascara. Toni mon chéri tu ne parles plus. Tu aimes ta coiffure, tu aimes ton maquillage. Une belle femme est une femme qui prend soin d'elle. Tu entends. Pourquoi tu me regardes avec ces yeux mon chéri. Cesse d'être si sauvage, je ne veux pas d'un gorille à la maison. Assise sur mon banc. Je les regardais danser avec vous, ces deux inconnus. La jeune mère à l'écran se fait belle et sort. Elle marche dans la rue, elle semble inquiète. Elle prend son téléphone. Bonsoir Amélia, le bébé va bien. Assise sur mon banc, la main dans le plâtre. Vous vous souvenez du plâtre, amie du printemps. La jeune fille à l'écran est rassurée, ses amies arrivent, ellipse, et les voilà dansantes et suantes sous la musique techno. Assise sur mon banc, contre le bois je tapais mon plâtre. Toni se lève, descend de quelques marches et s'assied derrière la femme. L'écran ne compte plus. Le bruit frénétique du plâtre, les yeux rivés sur tous ces couples dansants, tous ces adultes qui se dansent. La musique étouffait les coups que Toni s'infligeait. Elle renforçait sa douleur. Il y a eu des moments où j'ai voulu avoir plus mal. Plus mal pour me faire remarquer. Plus mal pour qu'on la voie sur ce banc rongé, dans le couloir de la maison, au bout de la table, excentrée, forcée à l'invisibilité. La douleur comme un moyen d'exister. De se prouver que l'on est là, encore, malgré les yeux tournés vers le DJ de la soirée. La douleur pour toucher concrètement le ridicule de tous ces moments. Il suffirait d'un geste pour t'étrangler. Dans la salle de cinéma Toni a envie de sentir la douleur encore. Celle d'une autre. Sentir sous ses mains la nuque d'une autre. Les craquements. La détresse si forte qu'elle donne envie de vomir. Les cheveux qui s'agitent, amie du printemps. Vos cheveux qui ne peuvent rien faire. Vous donner la douleur que j'ai eue. Peut-être que j'en aurais été capable. Toni ne sait pas. Aujourd'hui ça n'a plus d'importance. La nausée dans la bouche. Ça n'a plus d'importance. Toni sort de la salle.

Ce soir ce sera grand. Ce soir ce sera grand parce qu'on va gagner. Toni s'imagine ce que doit être le rituel de son père au stade. Il doit arriver avant le match pour dire bonjour aux joueurs, au coach, à l'équipe sportive. Ça va bien, il doit demander comme ça, sans dire bonjour. Ça va bien, Président, on fait aller, on fait aller, un employé doit dire. Et puis peut-être qu'il va voir le coach en perso. Ou pas. Toni n'en a aucune idée. Peut-être qu'il regarde de loin. Fidèle au poste de président. Président lointain, président mystérieux, président pouvoir. Je ne sais pas. Toni s'imagine l'odeur des vestiaires, les néons blancs, les plafonds verts, le carrelage transpirant au sol. Toni touche les murs en crépi. Les vestiaires sont au bout du couloir, au bout du couloir fait de portes. Une porte verte tout au bout. Une porte fermée. J'entends les voix des joueurs. Et puis on entre, ils sont en short. Ils sont assis. Les coudes sur les genoux. Ils ont quelque chose dans les yeux. Comme s'ils n'y croyaient pas. J'aimerais vous parler. Vous raconter des choses. Toni aimerait être devant eux. Debout. Aussi avec quelque chose dans les yeux. Il n'y aurait plus d'anniversaire. Il n'y aurait plus cette chose entre le cœur et la gorge. Il n'y aurait que moi. Moi Toni. Moi Toni j'aimerais vous parler. Nous avons le même âge pourtant. Ça va être grand ce soir chers joueurs. Je pense beaucoup à vous. Ce que ça doit être de manier une vie avec les pieds. Chers joueurs vous représentez trop de choses. Ce que ça doit être de foncer tout droit, de faire un mètre de plus, de s'arrêter, de passer la balle, de voir l'ouverture. Vous êtes le silence d'une maison. Vous êtes ce qui divise. Chers joueurs. Il y a trop de choses qui nous séparent. Je me dis quelle excitation sur le terrain. Chers joueurs il y a des gens pour vous soutenir. Qui vous croient, quelque part, en dehors de toute norme. Qui voient la révolution, le mérite, la possibilité. Qui veulent vous voir échouer autant qu'ils veulent vous voir gagner. Gagner une vie dans le silence. Le silence pour des pieds d'or. Qui vous entend. Chers joueurs votre silence je le connais. Vous n'êtes pas de sales putes, vous êtes des idiots. Dites-moi quand avez-vous le droit de vous exprimer. À vingt ans on ne s'exprime pas. Vous avez vos pieds pour jouer. Chers joueurs. J'ai mes pieds pour marcher. Marcher jusqu'à vous. Marcher jusqu'au stade. Sauter pour vous. Chers joueurs je ne vous envie pas. Je transmets ma foi vous savez. Elle est aussi réelle qu'un fantasme. Ce fantasme, de faire partie du club.

Tonitoni. Toni, elle part de temps en temps. Les yeux ailleurs. Sans explication. Elle a manqué de se prendre la barrière. Quelqu'un l'a retenue peut-être. Un parc dans les hauteurs de la ville. Le chemin est dessiné mais de larges pelouses agrandissent le paysage. Toni prend le chemin. Des enfants courent plus loin. Quelques poussettes. Des hommes marchent tranquillement. Des femmes assises, occupées. Les arbres, on dirait qu'ils grandissent. Qu'ils grandissent à vue d'œil. Les branches se rejoignent. Elles tapissent le sol d'ombres. Toni sent le soleil, par intermittence, faire sa course sur son corps. Les voitures les klaxons les poteaux les épaules s'éloignent. Peut-être que pour un temps les douleurs s'éloignent. Je ne sais pas. Sweet Jane revient. Image lointaine. Elle regarde la poussière sur ses chaussures. Le chemin s'enfonce. Il descend, il monte, laisse apparaître des virages et tous ces arbres qui prennent le vent font un bruit simple. Le temps s'est réchauffé. Toni voit deux filles s'embrasser sur un banc. Elle s'approche. Elle entend leurs langues se toucher, leurs salives s'emmêler. Les mains se baladent. De la nuque les doigts descendent doucement, franchissent chaque pli du tissu, repèrent la vallée de la colonne, le flot des reins. Une autre main dans la nuque, prise dans les cheveux, sort et disparaît. Elles ont les yeux fermés. Toni s'approche encore. Leurs cuisses sont serrées les unes contre les autres, elles sont concentrées, sérieuses dans leur tâche. Les yeux des filles papillonnent et s'entrouvrent mais tiennent au rêve. Leurs poitrines à elles se serrent aussi. C'est une symphonie. Dans leur lenteur la volupté ressort et le bruit du vent dans les feuilles les berce. Toni est vide, simplement vide à regarder la douceur de la scène. Leurs cheveux forment des boucles qui s'unissent et se défont. Quelques personnes passent par là mais Toni est seule devant la chose. Elle ne veut pas trop lever les yeux. Ça n'est pas mon affaire. Une pudeur, une certaine pudeur à garder quand on regarde. Je m'approche rassurantes muses, ne vous arrêtez plus. Les mains dansent sur le visage de la blonde maintenant. Caresses de reconnaissance. Je veux connaître ses courbes et sa mémoire. Sans se presser les longs doigts parcourent la mâchoire, les oreilles, et puis repartent avec fièvre dans la chevelure. Quel est ton visage. Toni regarde ses mains. Dans ses paumes elle ne voit rien. Il y a tant de lignes à comprendre. Elle les touche délicatement et n'y voit rien que de cette chair trop blanche. Leurs lèvres rosissent, leurs joues rougissent. Leurs visages basculent, je ne m'en lasse pas. C'est une symphonie. Elle entend un gémissement très léger courir quelque part. L'une essaie de posséder encore un peu plus l'autre. Les lèvres cheminent, ardentes soldates. Une main empoigne une hanche, une autre tire des cheveux. Même l'avidité est amoureuse. Toni les dépasse. Il faut bien avancer. Dans son dos elle entend encore la salive et les dents se prendre et s'enlacer. Vos caresses deviennent miennes sur mon corps inquiet. J'aimerais aussi. La sincérité des paupières closes quand on embrasse. J'aimerais aussi. La volonté absolue, pour un moment, de ne jamais en finir. J'aimerais aussi. Toni marche lentement, portée par autre chose que le bruit du vent. Elle regarde au sol ou en l'air, qu'importe, elle ne voit pas ce qu'il y a devant elle. Moi aussi j'aimerais. Une dernière fois elle veut capturer un instant qui n'est pas à elle. Alors Toni se retourne. Elles ne sont plus là. Elles ont plongé dans un buisson. Engouffrées par le désir. Alors c'est fini.

Quoi maintenant. Toni reprend sa route. Elle sort du chemin pour aller sur les pelouses. Elles sont immenses. Des chênes et des hêtres et des pins à perte de vue. Je ne connaissais pas cet endroit. Sous un arbre dans une montée elle s'installe. Un érable ventru. Elle le touche pour sentir sa masse. Il a l'air plus confiant que moi. Les branches sont habillées de feuilles pourpres. Presque du sang. Arbre Pantagruel, intelligence de ta vieille force. Gros et bienheureux. Toni glisse contre le tronc jusqu'à être tout à fait allongée. Je suis fatiguée. Son ventre gronde mais elle n'a pas faim. Je ne veux rien que le silence. Sa tête est contre l'herbe humide. Elle sent ses bras se refroidir au contact de la terre. Elle allonge les jambes, elles sont au soleil. Ses yeux sont plongés dans la masse de feuilles qui ne disent rien. Comprendre chaque voix, c'est une belle intention. Elle arrache quelques brindilles d'herbe. Qu'est-ce que vous regardez. D'abord délicatement. C'est qui contre qui. Combien de feuilles il y a dans cet arbre. Qui gagne. Est-ce qu'il sent le vent. Mon frère écoute-moi. Est-ce qu'il sent les insectes le parcourir toute la journée. Dis-moi ce que tu regardes avec ton ami. Est-ce qu'il aimerait se gratter. Mon frère. Toni arrache un peu plus fort les brins d'herbe. Je peux regarder le match avec vous. Est-ce qu'il se sent seul. Les deux adolescents se levaient à chaque corner, à chaque coup franc. Un match décisif. Mon frère, écoute l'indécis de ma voix. Quel âge a-t-il. Je peux m'asseoir ici. Combien de personnes a-t-il vues s'endormir sous ses feuilles. Tais-toi Toni. Combien de couples a-t-il vus s'embrasser. Elle nous les brise ta sœur. Tu nous épuises avec tes questions. Combien d'anniversaires, de siestes, de lectures, d'assoupissements, de cigarettes lui fumer dessus, être écrasées sur ses racines. Mon frère tu te souviens du mariage de nos parents. Il se lève, la tient par la nuque, la transporte comme un cochon pour l'abattoir. Le claquement sec de la porte, mon frère, comme une lame qui tranche. Toni arrache franchement l'herbe. Elle enfonce ses doigts dans la terre. Elle creuse. Combien d'amitiés brisées et combien de relations naissantes. Il n'y a rien pour toi ici Toni, tais-toi et sors. Combien de jus de fruits ou de sodas renversés sur lui. Tais-toi et sors. Sweet Toni. Elle apporte ses mains à ses yeux. Elles sont pleines de terre. Mes ongles noircis. Elle glisse ses mains sur son cou, sa poitrine, laisse des chemins de boue sur sa peau. Elle relève un peu son tee-shirt et elle pose ses mains sur son ventre. Le souffle comme une précaution. Il tremble. Je ne regarde pas mon ventre. Toni sent la terre mouillée et les brins d'herbe s'étaler. Je n'entends rien. Elle sent la terre mouillée dans son nombril. Les feuilles le vent la terre son ventre. Et Pantagruel qui semble rugir. Je n'entends rien. Je ne regarderai pas mon ventre. Toni aimerait entendre les flux, les bulles, les gargouillis, les gaz, les percées, les balbutiements de son ventre. Sentir l'intestin et le foie et les reins travailler. Sentir ses os frotter les uns contre les autres, les os couiner. J'aimerais savoir si quelque chose grandit. À vingt ans peut-être que quelque chose grandit. Elle aimerait sentir ses neurones faire des lumières et des étincelles. Corps de l'intérieur réconfortant. Elle serre sa peau, fait des vagues, soulève et appuie avec ses mains pleines de terre. Et ses ongles ses ongles tout sales. Quelque chose la gratte sur son avant-bras. C'est une fourmi. Elle fait son ascension. Toni la tourmente pour la prendre sur son doigt. J'aimerais qu'un jour un insecte s'arrête de courir et me regarde dans les yeux. Yeux dans les yeux, éberlués, estomaqués par la rencontre impossible. La fourmi accélère. Tu communiques avec moi. Toni dépose la fourmi sur un brin d'herbe. Roses immenses et célestes semblent me murmurer à l'oreille quand tu souris. Ce sont les paroles de *Sweet Jane.* Roses immenses et célestes semblent me murmurer à l'oreille quand tu souris. Anxieuse fourmi. J'aurais dû te garder avec moi un peu plus longtemps. Gonfle ton ventre à fond. C'est un ballon ou autre chose. Un volcan en action. La mer déchaînée. Toni ne pense pas à M. Je ne pense pas à M. La fatigue la prend. Et ses paupières se ferment. Elle s'endort, une main sur le ventre, une autre sur le sol, la tête penchée, la sieste avec les insectes.

Toni. Toni c'est toi. Elle entend une voix. Laisse-moi. Toni, Toni c'est toi. Laisse-moi. Elle retombe dans le sommeil.

Les feuilles devant ses yeux et le soleil un peu moins chaud. Elle remonte en prenant connaissance des quelques chants d'oiseaux, de la terre toujours humide qui a refroidi sa nuque, du vent qui n'a pas bougé depuis tout à l'heure. Il y a quelqu'un à côté d'elle.

Paul tu es un oublié. Je t'ai eu sur ma peau mais aucune trace n'est restée. Paul je ne pense plus à toi. Si je pensais encore à toi je te ferais du mal. Toni sent la chose battre sans arrêt dans sa poitrine. Il n'y a que le sommeil aujourd'hui qui peut m'aider. Le sommeil et le match. Pense au match Toni. Paul tu n'aimais pas le foot quand nous étions tous les deux. Toni aimerait que Paul ne soit pas là. Tu as la marque de l'herbe sur ta joue. Toni est encore engourdie. Mes cheveux mes cheveux. Toni-toni redresse-toi. Toni se redresse. Elle revient à sa journée et regarde Paul. Il a de l'eczéma aux coins des bras. Tu veux de l'eau. Toni prend la bouteille. La bouteille craque sous ses doigts. Toni la vide. Qu'est-ce que tu as fait avec tes mains. Elle a gratté la terre. J'aimerais que ton souvenir reste là où il est. Paul ta voix est aussi fausse qu'une craie sur un tableau. Repars d'où tu viens. Et puis sans savoir pourquoi Toni se met à lui parler. On m'a traitée de sale pute hier. Un homme dans le bar qui me voulait. Il a fini par me dire que j'étais une pute. Pas juste une pute, une sale pute. Sale comme si j'avais quelque chose de répugnant, de dégoûtant. Paul se gratte l'avant-bras. Paul est une oreille à qui donner quelques mots. Sans doute Toni a besoin de parler. Paul tu n'es pas la bonne oreille mais qu'importe. Paul la manière dont tu griffes ta peau, je me souviens. Tu me griffais aussi. Toni regarde les paumes de ses mains et repense aux deux filles sur le banc. En venant ici j'ai vu deux filles s'embrasser, elles s'embrassaient parfaitement. Ses ongles pleins de terre glissent vers son ventre. Qu'est-ce que tu fais là, qu'est-ce que tu fais là. Paul ne répond pas. Il se gratte. Une sorte de haine monte dans la gorge de Toni. Une haine qui surplombe le reste. Toni se lève et s'accroupit devant Paul. Tes yeux sont lâches. Toni attrape son menton. Dis-moi ce que tu fais là. Il dégage son menton et Toni tombe en arrière.

Mon bras sera bientôt bleu. Toni sait que Paul a vu l'hématome. Ce n'est pas ce que tu crois. Elle se rassoit et puis s'allonge. Ce n'est pas ce que tu crois. C'est un accident. Elle ferme les yeux. Elle veut retourner dans ce sommeil monstrueux qui l'a prise tout à l'heure. À la place elle entend Paul se gratter les bras. Il ne veut pas répondre l'idiot. Il garde son mystère comme un trésor. Tu ne comprends pas. Il ne comprend rien. On ne se connaît plus et tout cela est inutile. Toni sent une chose humide se poser sur ses lèvres. Paul l'embrasse. Nausée dans la gorge, encore. Toni ne le repousse pas. Elle accepte sa langue dans sa bouche. Un instant seulement. Paul pose sa main sur la hanche de Toni. Elle le pousse et attrape son menton. Tu n'es que passé, cher Paul. Un goûter d'anniversaire s'installe plus bas. Ils observent la préparation. La nappe, les sodas, la glacière. D'autres parents arrivent. Tu devrais partir. Paul s'allonge. Toni s'allonge aussi.

T'as froid Toni ou ça va. Tu t'es mis de la terre sur le front. Paul tu caquettes comme un animal qui va mourir. Les yeux fermés et le dos humide contre la terre je ne cherche que la paix. Dis-moi si tu as un copain. Dis-moi Toni. Est-ce que tu avais des sentiments pour quelqu'un d'autre. Dis-le-moi. Toni pose ses mains sur son ventre. Plus un mot. On peut entendre l'anniversaire de l'enfant au loin, c'est tout.

Est-ce qu'il t'arrive de culpabiliser. Toni se relève, pose son coude sur le sol. Elle arrache l'herbe. J'ai cette sensation de culpabilité qui me reste. Quand j'ouvre une porte et que quelqu'un veut sortir je culpabilise. Quand je commande au boucher une cuisse de poulet et que finalement je change d'avis je culpabilise. Quand je m'assois dans le bus je culpabilise. Je m'excuse quand je suis sur le chemin d'une personne dans la rue. Je m'excuse quand je ne parle pas assez fort. Je remercie plusieurs fois un vendeur pour un paquet de chewing-gums. Je m'excuse de n'avoir que des petites pièces pour payer une grosse somme. Je m'excuse d'avoir eu une bonne note à un examen. Je m'excuse de ne pas être assez grande dans la tribune. Je culpabilise de ne pas être celle que mon père aimerait que je sois. Je culpabilise si je ne réponds pas à un message dans les secondes qui suivent. Je culpabilise d'avoir fait dire à un inconnu que j'étais une pute parce que je ne voulais pas lui parler. J'aurais peut-être dû lui parler. Je culpabilise de vouloir être plus importante aux yeux de certaines personnes. Aux yeux de qui. N'entre pas sur ce terrain. Aux yeux de qui. Aux yeux de ton cul. Toni se lève, se dirige vers les buissons, descend son pantalon et se laisse aller. Idiot.

Il est parti. Toni laisse son sac sous l'érable et s'en va chercher aux alentours. On était bien ensemble, à se détester comme on s'est aimés. Sur les chemins peut-être. Paul je ne voulais pas te faire fuir. Il y en a un au-dessus. Paul je me souviens de toi. Il est parti. Mes cheveux mes cheveux. Paul tu ne t'es pas souvenu de mon anniversaire. Tant mieux que tu sois parti. Égoïste, va. Toni ne voit plus d'érable à l'horizon. Elle s'est perdue. Je me suis perdue.

Toni marche sur un chemin qui s'enfonce. De moins en moins de soleil et de plus en plus d'arbres le recouvrent. Autant y aller. Tu attends au coin de la rue et tu réfléchis à comment rentrer à la maison. Des paroles de *Sweet Jane.* Tu attends Jimmy dans l'allée, tu attends qu'il revienne à la maison, tu attends au coin de la rue et tu réfléchis à comment rentrer à la maison. Toni s'enfonce. Douce Jane. La douleur dans la poitrine reparaît autant que la faim dans son ventre. Paul tu es fait d'os de chair et de susceptibilité. Ma mère me l'avait dit. Vous êtes des enfants. Vous ne vous rendez pas compte mais il vous faut de l'air. Je sais que tu l'aimes mais il ne faut pas s'oublier. Tu avais raison. Des yeux de colère. J'étais en colère. Comment ton garçon peut te trouver si jolie avec ces cheveux, tire-les en arrière, mon Dieu tire-les en arrière. Ça ne durera pas longtemps si tu le traites comme ça Toni mon chéri. Donne-lui, plutôt que de lui prendre. Toni continue de s'enfoncer dans les buissons. Toni je me fiche de ce que dit ta mère. Je pouvais le dévorer le mordre le griffer le lécher comme un animal à protéger. Toni je t'aime comme Roméo aime Juliette, comme l'écrivain maudit aime Marguerite. Je t'aime comme l'artiste aime son art, le politique aime l'ambition, le financier aime son argent. Toni tu ne comprends pas comme je t'aime. Je t'aime tant que je redoute chaque jour que tu me quittes. Que tu m'abandonnes. Que tu me laisses ici. Mais tu es tout pour moi Toni. Toni c'est tes yeux que j'aime le plus. Et ta nuque Toni j'ai envie d'y plonger. Tu ne comprends rien Toni. Toni tes cheveux m'ensorcellent, laisse-moi plonger dedans. Si tu ne vas pas à l'école avec moi demain je t'en voudrai Toni, je t'en voudrai à mort. Comment pourrais-tu, comment oserais-tu. Toni je te désire tout entière, embrasse-moi maintenant. Rimbaud et Apollinaire disent ce que je ressens pour toi.

Ils peuplent mon attente. Toni laisse-moi te toucher. Je veux tes seins. Ma main et eux vont si bien ensemble. Regarde ils sont faits pour être ensemble. Regarde comme c'est chaud. Toni laisse-moi te pénétrer. Toni prends la pilule ou je te quitte. Je veux faire l'amour avec toi. Toni claque la porte de ta chambre. Toni laisse-moi dîner ici. Apporte-moi les restes de ton repas. Je veux rester dans tes draps. Toni je vais rester sous ta couette et je t'attendrai et je penserai à toi et peut-être que je me caresserai en pensant à ton retour. Je t'attendrai. Tu es le corps de ma vie. Tu le sais ça. Je te le dis toujours. Tes draps ont ton odeur. Je suis dans un ventre quand je suis dans tes draps. Je t'attends, tu n'as plus le choix. Toni je veux entrer en toi, entrer et rester, ton corps est si réconfortant. Il me faisait peur. Je ne me sens pas bien. Elle est seule au milieu des buissons. Il n'y a plus d'oiseau pour chanter. Toni s'assied sur une pierre. Il commence à faire froid ici. Ses mains tremblent. Il est difficile de comprendre s'il fait jour ou s'il fait nuit, si Toni est sous la terre ou au-dessus. Aucun bruit ne passe plus et aussi étrange que cela puisse paraître une pulsation vibre quelque part. Elle a encore de la terre sous les ongles. Elle a encore de la terre sur le ventre. Des traces, simplement. Une silhouette se détache des ombres grasses. Une grande masse. Marchez vers moi, venez par là. La silhouette s'arrête. Où est la sortie. Toni ne voit pas si la personne lui fait face. Tonitonitonitonitonitoni. Je vais vous accompagner. Toni se retourne et rebrousse chemin. Les gouttes de transpiration semblent couler le long de son dos depuis une éternité. Des douleurs inattendues naissent comme des points lumineux dans ses membres, dans sa nuque. Silhouette je vous broierai. Toni accélère. Elle court. Tonitonitoni. Elle court sans s'arrêter. Elle tourne à gauche et tombe dans un fossé peut-être. Le bras coincé entre la terre et le flanc. Prise par l'humidité du sol et les branches, les feuilles, le noir. Toni se relève. Silhouette je ne me retournerai pas. Toni court encore. Le paysage finit par s'éclaircir. Les buissons ne sont plus noirs, le ciel apparaît. Elle court encore pour le rejoindre, ce ciel.

Son sac est encore là. Il y a bien, à l'intérieur, les vestiges de sa journée. Vêtements terreux, cheveux hirsutes. Du sang coule de sa main gauche, il a taché sa manche. Elle a dû se couper en tombant. Flot timide et courageux d'un sang épais. Comme moi peut-être. La coupure lui dessine une nouvelle ligne sur la largeur de la paume. Sa main à la bouche, elle suce. J'ai si faim.

Elle nettoie sa coupure, nettoie son visage. Des enfants attendent qu'elle finisse pour remplir leur bouteille d'eau. Ils sont trempés, les tee-shirts transpirants et mouillés, leurs cheveux gouttent, les garçons essuient leurs tempes comme de petits hommes et les filles se regroupent pour établir une stratégie. Ils font une bataille d'eau. Ils s'impatientent. Je suis un temps mort.

On entend au loin de la musique. Le jardin commence à se vider, la plaie continue de saigner. Je suis une blessure entière aujourd'hui. Elle discerne quelque chose. Il y a un tunnel en béton, un passage sous une route qui croise la trajectoire du parc. Toni entre dans le tunnel. La lumière passe du sombre au lumineux et tous les bruits du parc d'un seul coup s'en vont. À la place c'est de la musique qu'elle entend. Elle bat dans son corps tant elle est forte. Toni a toujours trouvé ça déroutant de sentir la musique dans son corps. Comme si elle venait de moi. Le tunnel est crasseux. Il y fait froid. Le vent passe en furie. Mes cheveux mes cheveux. Un frisson la prend. Ses pas résonnent. Deux personnes apparaissent dans un virage. Elles sont à une table. Le festival est à gauche. Préservatifs gratuits. Toni les salue sans trop insister. Elles n'ont pas envie de me parler de toute façon. Elle continue son chemin. Le plafond disparaît, la vue s'ouvre. Le soleil n'est pas encore couché. D'épais nuages passent par là. Au sol de la paille et de la terre, des herbes folles un peu. Toni aime les herbes folles. Elle aimerait s'y jeter. J'aimerais tant m'y jeter. Lâcher un instant et laisser les herbes m'envelopper. Au loin des chapiteaux de plusieurs tailles. Des rouges, des noirs, des jaunes, des bleus. C'est immense par ici. Il n'y a que des gens de mon âge. Des gens qui se baladent, des bières à la main. Ils ont tous l'air insouciants, tous l'air joyeux. Beaucoup sont tatoués, avec des casquettes, des chemises déboutonnées, des tee-shirts légers, des chaussures ouvertes, des boucles d'oreilles, des cheveux roses. Beaucoup sont déjà drogués. On le voit à la démarche. Aux yeux absents. Beaucoup mettent leurs corps en contact. Ils sont déjà tous amoureux de quelqu'un et moi je suis aux marges à regarder. Les mains sur les épaules, les sourires attentifs, les jambes espiègles. Les hanches des filles s'approchent des mains des garçons. Trop facile. Les alvéoles de béton bordent le terrain. Dans chaque alvéole un événement. Certains graffent les murs. D'autres font du skate sur des rampes improvisées. Aussi, un concert a commencé. Toni s'approche des quelques stands nomades. Un bar, des barbes à papa, des pommes d'amour. Un bar à tatouages, un bar à piercings. Plus loin un préfabriqué blanc avec une pancarte. C'est une voyante. Elle vous lit l'avenir, vous raconte le passé. C'est drôle.

Une pomme d'amour s'il vous plaît. Toni mon chéri, tu veux une pomme d'amour. Laisse-moi t'en acheter une, tu vas adorer. Attention à tes cheveux qu'ils ne s'y collent pas. Tiens-toi droite. Tu vas adorer la pomme d'amour. Toni croque dedans. Elle sent le caramel en morceaux compacts sur ses dents. Il provoque des douleurs stridentes dans la mâchoire. Comme s'il touchait un nerf du cerveau. Mes doigts vont coller. Toni entre dans la cabine de la voyante. Mes cheveux mes cheveux. Pour rigoler, oui ça peut être drôle. Elle tombe sur une femme au fond, dans l'entrebâillement d'une autre porte. Elle fume une cigarette et ses yeux papillonnent.

Toni ne voit qu'un bras musclé appuyé contre le cadre de la porte. Sa voix est grave. Toni s'assied. Le tabouret est bancal. Je ne t'avais pas vue. La fumée continue de sortir de sa bouche. Elle éteint sa cigarette. Allez à plus tard. Elle embrasse sur la joue l'homme, le regarde partir. M. je ne pense pas à toi. Vous êtes voyante. Mais bien sûr que je suis voyante. La femme est petite, cheveux courts, grandes lunettes rondes. Elle a des yeux marron, des lèvres fines. Il n'y a rien de voyant dans cette voyante-là. C'est payant. Non, tout est gratuit ici. Pas les pommes d'amour. Elle pose la sienne sur la table. Donne-moi tes mains. Toni va donner sa main droite. Elle soulève la main de sa cuisse. Avec lenteur. Je ne veux plus. La nausée remonte. Tonitonitoni. Les deux mains se touchent. Deux peaux, l'une fraîche, assurée. Voyante, tu sais ce que tes mains sont. Celle de Toni est moite, presque tremblante. La voyante fait mine de ne pas le sentir. Elle étudie rapidement ce qu'il y a dans ces lignes. Toutes ces marques que je ne comprends pas. La voyante se racle la gorge. C'est comme si l'air avait changé d'odeur et de couleur en un instant. Il me faut l'autre aussi. Voilà la porte de sortie. Toni donne sa main gauche. Les yeux de la voyante s'agrandissent. Mais tu saignes. Tu saignes beaucoup. Il y a une infirmerie à droite en sortant de la cabine. Moi je ne peux rien lire si tu saignes comme ça. Toni dévisage la fille. Il y a un problème, ça ne va pas. Toni la remercie et sort. Ma pomme d'amour. Elle rentre, prend sa pomme, ressort sans regarder la fille. Elle croque.

Tout est blanc avec des odeurs de plastique neuf et d'antiseptique. Toni est assise sur une chaise d'école. Je me suis coupée. L'infirmière regarde la blessure. Elle a une blouse, des lunettes, elle est âgée. Ce doit être une mère. Elle ne sourit pas. Elle soupire à chaque action, à chaque regard. Vous avez déjà l'air fatiguée infirmière. Sans doute elle passera la nuit ici. Moi je serai au stade pendant que vous soignerez les toxicos avec des mots et des regards durs. Je serai parmi les supporters à chanter cette journée. C'est une belle entaille. Pas besoin de points de suture. L'infirmière n'a pas l'air convaincue. Tu saignes beaucoup. Tu saignes beaucoup de manière générale. Toni n'en sait rien. Elle la désinfecte pendant que Toni mange sa pomme. Elle sent ses lèvres coller. Elle sent ses cheveux coller à ses mains. Demoiselle je te demanderai de bouger un peu moins. C'est que mes cheveux sont collés à ma pomme d'amour. Toni tire ses cheveux. Ses mèches luisent de sucre. Un chuchotement dédaigneux. C'est dégueulasse ces choses. Elle souffle. Elle finit par bander la main de Toni. Tu dois faire ça tous les jours. Si tes doigts deviennent bleus ou si tu as très mal, va à l'hôpital. Moi je ne peux pas recoudre ici. Allez sors avec cette pomme sinon je la jette.

En sortant Toni voit une foule amassée autour d'une scène. Elle y entre, regarde les poignets pour trouver l'heure sur une montre. Sa pomme d'amour colle aux manteaux. Elle a encore un peu de temps. Sur le programme, on parle d'une pièce de théâtre. Réveille-toi, réveille-toi, on va au théâtre. Tu me secouais et tu criais dans mon oreille. Réveille-toi on y va, allez réveille-toi. Toni faisait une sieste. J'étais malade. Réveille-toi on est en retard. Tu m'as trimballée dans la ville, les bruits et les mouvements ne collaient pas. Ma chère mère, toi qui prétendais en connaître un rayon sur la culture, la grande culture, tu paniquais. Les portes fermées d'un théâtre auraient été une disgrâce. Je ne veux pas y aller. Je ne veux pas y aller. Toni n'arrêtait pas de tousser. Je ne veux pas y aller je ne veux pas y aller je ne veux pas. Arrête maintenant. On va voir une pièce de théâtre. Ta main tirait comme une corde mon bras. On va au théâtre. Tais-toi Toni. Elles arrivent, la salle est déjà dans le noir. La mère avance et cherche les fauteuils. Dépêchez-vous. Sept ou huit personnes se lèvent pour nous laisser passer. Je ne veux pas être ici je ne veux pas être ici. Tais-toi Toni mon chéri, tais-toi maintenant. La mère a chaud. Elle sue. Sa bouche ouverte, à respirer tout l'air de la salle. Faire semblant d'être intéressée, ma chère mère. Tu savais prétendre. Toni a les yeux gonflés et ne s'arrête pas de tousser. Vous pouvez arrêter de tousser. Elle est malade alors fermez-la. Si elle est malade faut pas la prendre au théâtre et emmerder tout le monde. Ma mère s'est bien installée dans son fauteuil. Elle a attendu quelques minutes. Toni la sentait préparer quelque chose. Moi je retenais ma toux. Je me confondais en retenue. Elle a attendu quelques minutes et s'est mise à tousser très fort aussi. À se retourner et tousser. À tousser au sol, au plafond, à droite, à gauche. Elle regardait le voisin. Lui montrer qu'on ne lui fait pas la loi. Tousser retousser tousser encore. Au diable la culture. La pièce était merdique. Elles ont rigolé sur le chemin du retour. Les deux jours suivants Toni a eu trente-neuf de fièvre.

Le public est debout. Un garçon arrive sur scène pratiquement nu. Il doit avoir froid. Il ne fait pas si chaud ici. Toni croque dans la pomme. Regardez-moi manger ma pomme, ma pomme au sucre. Laissez vos yeux se poser sur ma bouche dúlcifiée. Le comédien a du maquillage pailleté partout sur la figure. Regardez ma fleur sécher. Regardez ma peau flétrir. Mon premier coup j'avais douze ans. Dans les toilettes de l'école. Il en avait dix-huit sans doute. Il avait l'air grand. Il en avait une grande en tout cas. C'est moi qui suis allé le voir. Il m'a pris comme un fruit juteux. Il n'y a pas grand-chose sur scène. Juste ce discours dont on ne décroche pas. Deux autres personnages arrivent. Elle reconnaît l'histoire. Tirée d'un roman. Un homme qui a un goût particulier pour la déchéance. Qui vit son homosexualité dans la violence, la drogue, la soumission. Un acteur fait mine de prendre le visage pailleté par-derrière. Baisez-vous. Il est en costume de policier. Une guitare électrique, derrière, joue des riffs. Le musicien reste sur scène et fait sa musique. Je m'appelle Guitzbo. C'est le policier qui dit ça. Lui je l'encule. Les riffs prennent de plus en plus de place. Toni regarde autour d'elle. Les spectateurs sont conquis par la violence. Et moi c'est Jimmy. Comme dans la chanson *Sweet Jane.* J'ai quinze ans et je me fais battre par le vieux. Il veut que je l'appelle papa mais je ne le connais pas. C'est le gars de ma mère. Ma mère elle ne dit rien. Elle est silence. Le père et la mère arrivent sur scène. Donne-moi ces frissons Jimmy. Elle regarde sa pomme d'amour. Il n'en reste plus beaucoup. Tout le monde a un verre d'alcool à la main dans la foule. Elle regarde sa main gauche. Du sang sur le bandage, c'est presque beau. Des bières surtout. Toni les voit briller autour d'elle. Elles prennent le soleil. Et moi je suis avec ma pomme d'amour. Il me tape et je lui dis continue, continue, vas-y beau-papa, ne lâche rien, casse-moi les os, tords-moi les boyaux, tire-moi les cheveux, j'aime ça. Une chanteuse arrive sur scène. Elle ressemble à une Américaine, elle ressemble à Margo.

Est-ce que tu accepterais, est-ce que ça te dérangerait, enfin, tu serais d'accord pour que je t'accompagne à un entraînement. On partira à huit heures. Elle appréhende. Toni disait à ses amis ce week-end je vais voir l'entraînement de la reprise. Ce week-end je vais accompagner mon père. Je me suis levée à six heures pour être prête, tout à fait prête. Elle est montée dans la grosse voiture. Il roulait vite, les rues étaient vides. Elle sentait la fatigue appuyer sous ses yeux. Tu vas avoir froid, je te préviens. Tu pourras attendre dans la voiture. Certains moments tu ne pourras pas être avec nous. Tu comprends Toni. Oui je comprends. Je comprends très bien. Il y avait une seule fille à l'entraînement, c'était moi. C'était moi la fille. Mes cheveux mes cheveux. Sur la scène

Jimmy s'est fait tabasser et s'est fait baiser. Les comédiens dansent. Tout part de la violence et les mouvements deviennent des ondes. Toni pourrait jurer qu'à l'intérieur d'elle quelque chose cherche le mouvement. Jimmy-paillettes tu es un mauvais danseur et un bon comédien. Il n'y avait personne sur la route, personne. Personne sur la route pour me distraire. Pas un accident, pas un animal égaré, pas un sans-abri. Rien pour effacer ce qui l'attendait. Je suis contente de t'accompagner. Le président est au téléphone. Jimmy-paillettes est beau. Les choses s'emmêlent. L'acteur se peint un œil au beurre noir sur le devant de la scène. On lui apporte une chaise des coulisses. Encore une scène avec son beau-père. Il ferme la porte de la voiture et on va à la rencontre des joueurs. Le soleil se lève à peine et le givre disparaît sous nos pieds. Le terrain est nu. Le père et Toni tournent à gauche et Toni découvre les préfabriqués vitrés. Elle voit les joueurs courir sur les tapis, pédaler sur les vélos. Ils sont tous habillés du survêtement du club. Ma fille Toni. Toni. Oui, Toni, Toni tout court. Toni n'entre pas dans la salle d'entraînement. Elle sent ses doigts de pied refroidir. Tu as froid. Je n'ai pas froid, je suis bien. Toni aimerait boire de l'eau, Toni n'a pas petit-déjeuné, Toni ne sent plus ses mains. Je n'ai pas froid. Attends-moi là. Elle fait face aux joueurs derrière la vitre. Ils ne savent pas qui elle est. Elle entre dans un préfabriqué. C'est la salle de repos. Une télé, des citations aux murs imprimées sur des feuilles simples. La culture a un prix. Jimmy-paillettes sur scène enfile un tee-shirt blanc et un jean brut, des bottes en cuir, il fait mine de monter sur une moto. Toni scrute sa pomme d'amour. Je n'en veux plus. Le joueur à qui elle avait parlé ce jour-là était le buteur de l'équipe. Elle le savait, elle tremblait en lui parlant. Neuf buts depuis le début de saison. Ce n'est pas rien. Nous avons le même âge. Ils sont plus courageux que moi. Ça se passe bien pour toi le championnat. Il n'osait pas non plus. Toni et le joueur parlaient bas. J'étais dos à lui, je regardais le mur. Il était allongé sur le canapé. Il s'est relevé pour répondre. Oui ça se passe bien. Jimmy-paillettes fait mine de crier sur sa moto. Les riffs de guitare remplacent sa voix. Un nouveau personnage entre sur scène, c'est une femme. De hauts talons, un décolleté, une jupe courte, des cuissardes, du maquillage. C'est une prostituée. Toni regarde sa pomme d'amour et repense au sale pute. Je l'avais presque oublié. Elle ne veut pas penser au reste. Jimmy et la prostituée discutent autour de plusieurs verres. Une conversation de regrets. Des rires pleurés. Moi aussi je rigolais quand le joueur me parlait. Un rire pudique, un rire inutile. Toni regarde sa pomme d'amour. Elle touche ses lèvres et ses doigts restent collés. Il y a ce goût humide quand elle croque. Le bâton est trop fin, la pomme est trop lourde, le sucre est trop dur. Toni passe son doigt sur ses dents. Elle sent les morceaux de sucre. D'un ongle, elle tape dessus, creuse un peu. Le silence est retombé dans le préfabriqué. Il n'y avait que la télé qui parlait. J'aurais voulu lui demander s'il était heureux, s'il était heureux d'être ici. Je n'imagine pas ce que c'est que d'être joueur. Être professionnel à vingt ans. J'aurais voulu lui demander ce qu'était sa vie d'adolescent. Toni et le joueur n'avaient rien en commun. Elle a parlé au-dessus de la télé. Je m'appelle Toni. Ils se sont serré la main. Je lui ai serré la main. Elle jubilait, elle jubile toujours devant Jimmy-paillettes. Leur conversation s'est arrêtée là. Le père est entré. Deux sourires qui aimeraient ne pas être là. Personne ne se connaît ici. Finalement personne ne se connaît. L'entraînement va commencer. Ça va Toni. Il a gardé ce sourire lointain. Sur la scène, la prostituée titube. Elle entame une danse de mort. Bourrée, lourde, pathétique. Le père serre la main à un homme, c'est l'entraîneur. Toni le reconnaît. Toni les connaît tous en réalité. Toni ma fille. Il pense avoir mal compris, il me regarde en fronçant les sourcils. Ils sont tous les trois devant le terrain, les joueurs entrent et commencent leur entraînement. Mon corps gèle. Elle sent ses doigts durcir et blanchir. Entraînement devant elle, conversation à côté. Un œil, une oreille. Combien de joueurs ont son âge et combien de joueurs ont eu une vie à des kilomètres de la sienne. Combien de joueurs ont sacrifié leur adolescence pour être ici. Pour n'être qu'ici. Vous n'effleurez pas ces moments de grâce où les larmes montent aux yeux. Où chaque action ressemble à un destin tracé qui se rue vers le but. Où vos pieds sont des créatures inespérées. Vous ne connaîtrez pas les quatre-vingt mille supporters qui chantent le même espoir. Vous ne connaîtrez pas le bus de luxe, les putes de luxe, les vêtements incrustés de diamants, jeunes garçons suants. Être une star, quelle perte abyssale. Qu'importe. Le coach chuchote. Untel s'est blessé. Il joue pas sérieux à l'entraînement. Je suis d'accord avec vous président. Aux gars je leur ai dit c'est maintenant que ça se joue. S'ils ne persévèrent pas sur le terrain, ils vont me voir au tournant. Mais sinon ça se passe bien, je trouve qu'il y a une ambiance relativement saine. Ah depuis que le petit Stanley est parti, y a pas photo, c'est plus calme. Et puis y en a qui chouinent et ça crée des tensions. Le petit il est bon à l'entraînement. Oui, toujours premier, toujours de l'avant. Toni regarde le joueur. Il est dans l'équipe depuis longtemps et c'est la première année où il n'est plus sur le terrain. Elle l'aimait bien. Tu avais ce sourire aux dents alignées. Toujours, oui oui. Mais il ne fait pas ce qu'on lui demande. Elle voit bien qu'il a un visage fermé. Il fait ses longueurs seul, en tête d'équipe, il donne. Et puis il se tait. Il observe en feignant de ne pas observer. Les autres sourient, les autres discutent. Le buteur balance son rire jusqu'à elle. Tu es le joyau de cette équipe, buteur immature. Un objet précieux à préserver. À préserver jusqu'à l'excès. Jusqu'à la cassure. C'est lui la dynamique de l'équipe cette année. Président ce serait bien que vous leur parliez un peu pour ce début d'année. Qu'ils voient que ça vous importe quoi. En repartant Toni a serré les mains de tous ces hommes. L'entraîneur s'est approché d'elle. Il n'était pas sûr. Au revoir Tonia.

Toni sent la pomme d'amour descendre dans sa gorge. Caramel tu me colles comme un amant éperdu. Ses mèches de cheveux s'accrochent aux commissures de ses lèvres, là où le sucre s'est cristallisé. Les spectateurs ont l'air concentrés. Et moi non. Le morceau qu'elle vient d'avaler érafle l'intérieur de sa gorge. Elle lève la tête pour faire passer la douleur et voit le ciel perdre de sa lumière. Je vais être en retard. Fermer les yeux un moment. Le bout de pomme se dissout dans cette chose coincée dans sa poitrine depuis ce matin. Elle enfle et elle bouge. Elle monte et Toni n'y peut rien. Alors elle pousse de son bras enflé les corps concentrés. Elle courbe le dos et se tord pour trouver de l'air. Toni glisse contre les inconnus. Mes cheveux mes cheveux. Elle est une anomalie. Les corps ont l'air de se rapprocher, de s'assembler pour que Toni ne puisse plus passer. Solidarité adversaire. Les visages ont tous des yeux de colère. Et la chose grossit. Et les lèvres continuent de coller. Jimmy-paillettes crie, la guitare gronde, la main torture. Vagues tourments qui la prennent. Le sale pute et son père absent, devant elle, à la table du restaurant. Le pain, la tartine, le café, la cour, les professeurs. Mes cheveux mes cheveux. Douleurs, vous beuglez comme un moteur noyé. Ce qui reste de la pomme d'amour culbute les bras et les poignets qui sont sur son chemin. Laissez-moi passer. Ils la regardent en se taisant absolument. Jimmy chante maintenant. Jimmy sait tout faire et moi je cours vers la sortie. Elle est à quatre pattes, presque à ramper sur le sol sablé. Les pieds sont mes amis. Dans la frénésie sa main gauche touche le torse d'un spectateur. Le sang sur le bandage embrasse le tee-shirt du jeune homme. Pourtant elle avait ses pieds en dehors de la foule. Elle y était arrivée. Toni voit la pomme d'amour rouler au sol. Il n'y a plus de pomme et il y a du sang sur le tee-shirt blanc d'un spectateur. Toni le regarde et attend. Lui aussi la regarde. Elle baisse la tête comme un chien mais une sorte de colère monte. C'est du sang. Ce n'est pas du sang. Ce n'est pas du sang ça peut-être. Non ce n'est pas du sang. Et sur ta main ce n'est pas du sang non plus.

Je ne saigne pas. Tu quoi, je ne t'entends pas. Je ne saigne pas, je ne saigne pas. Le garçon rigole. Il boit une gorgée de sa bière, il tire son tee-shirt pour bien regarder la tache, boit à nouveau sa bière, une gorgée, deux gorgées, trois gorgées, regarde encore la tache, roule ses yeux vers le ciel et puis balance sans prévenir un guttural sale pute.

Tonitonitonitonitonitoni. La chose entre son cœur et sa gorge cherche une sortie par la bouche. Autre chose aussi. L'autre chose est dans sa main écorchée comme des fissures qui démangent. Le jeune homme ne fait plus rien, il a dit ce qu'il avait à dire. Il regarde le fond de sa bière avec un visage de relent. Il est relent tout entier. Toni ne prend pas d'élan. Sa main gauche part toute seule. Le garçon trébuche sur un voisin, vidé d'un coup. Il saigne et ses yeux ne bougent plus. Il est tout rouge. Je ne suis pas une sale pute. Je ne suis pas une sale pute. Et puis Toni s'en va en courant. C'est ça, fuis comme une lâche. Jimmy-paillettes je te croyais mon ami. Tes mots résonnaient. Toni détale, c'est une poule effrayée qui esquive les gens joyeux et insouciants de ce festival ignoble. Vous êtes tous immondes, des pourritures sans nom, bande d'invertébrés ivres de sexe. Elle ne sait pas où elle va. La douleur court dans son bras, le sang de sa blessure coule encore plus. Le vent dans ses yeux. Elle serre la mâchoire pour empêcher les plaintes de sortir. Cache-toi derrière les toilettes mobiles. Sans doute personne ne l'a suivie. Sans doute tout cela n'est pas arrivé. La main de Toni saigne, le bras est bleu cramoisi. Ses phalanges sont à vif. Elle est essoufflée. Je suis essoufflée. Et mes doigts tremblent.

Toni regarde à droite derrière elle. Personne ne me cherche. Et puis à gauche, derrière la rangée de toilettes. Elle voit cette forme étrange, l'adrénaline brouille sa vision. Deux corps, ce sont deux corps en train de faire l'amour contre les toilettes en plastique. Elle entend encore au loin les riffs de guitare. On dirait *Sweet Jane.* On ne sait pas vraiment si elle voit *Sweet Jane* dans la chorégraphie des deux anonymes ou dans les riffs lointains. On ne sait pas vraiment si Toni ne rêve pas. Le garçon a le pantalon baissé, la fille la jupe relevée. Elle voit les fesses se contracter. Elle voit le visage du garçon dans la nuque de la fille. Et à observer au-dessus de son épaule les allées et venues, à sentir la culpabilité monter, à éprouver les battements de douleur dans sa main gauche, à entendre les gouttes de sang toucher le sol, à sentir son cœur battre dans les oreilles, à contenir les vingt ans qui se manifestent en elle, Toni finit par se courber, poser consciemment ses mains sur ses genoux, et laisser toute la bile acide, débordée d'épuisements, de colères, de tristesses, d'exils et de sueurs sortir comme une douloureuse évidence. Encore une fois elle vomit.

Les murs sont bétonnés, le lieu est en friche. Entre herbes sèches et parvis déchu. Au mur des photographies. Il n'y a personne ici. Juste l'écho de la bière, de la baise, des toilettes, de la pomme d'amour au sol, d'une main et d'un nez blessés. Les photos sont seules. Simplement accrochées aux murs, sans aucune voix. Toni est encore essoufflée. Vous êtes toutes moches. Sans personne, sans lumière, devant un grillage et des herbes folles. Il n'y a que moi pour vous regarder, triste sort. Une présentation est accrochée. Alors c'est une exposition. Au sol du gaffeur pour indiquer le sens de la visite. Une visite dans un courant d'air. Eux là-bas n'ont rien à penser, moi j'ai tout à penser. Il vaut mieux oublier. Il vaut mieux plonger là-dedans. Un portrait. Un portrait qui ressemble à M. Il s'agit d'oublier aujourd'hui, de profiter comme on dit. Profite de tes vingt ans tu verras, quelle belle époque. Tu verras mon chéri,

Toni mon chéri, tu verras comme la jeunesse est insouciante. Embrasse ton insouciance. Tu es trop lourde de partout. Je vois bien que ton corps est lourd. Regarde-toi Toni mon chéri. Il faut que tu gagnes en légèreté. Regarde tes cheveux comme ils sont épais et lourds. Si tu étais légère dans ta tête, ton corps serait léger aussi. Aime ce qui est lumineux. Si seulement tu aimais les choses belles et insouciantes, on te croirait jeune et légère. Regarde-toi mon chéri, regarde-toi. Tu verras, un jour tu seras autre chose et tes vingt ans seront ta providence. Oui, bien sûr ma mère, vingt ans je les sens courir en moi aujourd'hui, sautiller et frétiller comme un animal au soleil levant. Je me sens légère comme une fleur blanche les premiers jours du printemps. Je me sens aimée et désirée et enveloppée par la chaleur naturelle de cette ville. Mon sourire est grand, mes cheveux sont légers, oui très légers et dans le miroir j'embrasse l'insouciance de ma beauté. À vingt ans on ne sent son cœur que lorsqu'on est amoureux. Je te hais pour tous ces mots tombés dans l'eau. Vingt ans dans la boue de cette ville, vingt ans avec une tribune qui chante dans le vent. Soleil couche-toi et que les tambours commencent leur danse. Soleil couche-toi et je pourrai être au milieu de tous les supporters, de tous ces supporters, de tous ces hommes. Ils entrent dans le stade et le frère la prend par le bras. Viens. Ils prennent le couloir qui endolorit les yeux. Un bain d'ombre et, sans transition, une lumière blanche. Même la nuit, d'une manière ou d'une autre, on est ébloui en pénétrant dans la tribune. Et tous ces corps en hauteur qui chantent. Tous ces corps dos à moi que je vais aller rejoindre. Je n'avais jamais osé. Ils montent, les gradins sont en ruine. Sortes d'escaliers creux. Ils sont tous sur la tranche. Toni et son frère traversent la tribune dans la longueur. Ça ne gêne personne. Les regards tournés vers le terrain, les mains dans le ciel. Un tambour, une voix dans un mégaphone, des chants et des chants. Le frère se fait une place et puis une pour Toni. Tu vois quelque chose. Il demande sans grand intérêt. Vestige de politesse. Je vois. Je ne voyais rien. Elle avait une capuche dans sa figure. Pas important, pas grave. Toni est avec son frère. Il prend des photos. Il commente. Ses yeux prient pour la gagne. Je le sentais qu'il priait pour la gagne. Chantez, sautez, criez. Entendre des centaines de personnes porter un hymne c'est soulevant. Moi aussi je prie quelque part. Des voix masculines, graves, qui cherchent les basses. Le tambour fait bouger les pieds. Que se passait-il sur le terrain, Toni n'en avait aucune idée.

Je levais les bras aussi. Toni ne connaît pas les chants alors elle écoute. Une espèce de parole éclatée en mille voix. Dans les notes il y a quelque chose d'émouvant. Je ne pourrais pas dire pourquoi. Les notes, les vibrations, les ondes, ça fait quelque chose. J'écoute et puis je chante, je chante. Elle invente, elle babille comme un enfant qui découvre, les yeux dans la capuche. Et puis une violence prend la foule. Ils crient, ils s'excitent, les pieds se décollent du sol, les coudes trouvent des visages. Des vagues de vêtements. Toi tu restes en place, le visage détendu, attentif. Une longue tige solide. Il ne me regarde pas être balancée à droite à gauche. Et puis d'un coup une main dans le dos, elle est écrasée par l'euphorie. Au revoir Toni, c'est comme ça que tu finis, dans l'euphorie. Et puis d'un autre coup une seconde main qui retient. Son frère, toujours longue tige solide, toujours silencieux et sans vraiment la regarder, son frère lui rend sa place sur l'escalier délabré. Vestige de politesse. Heureux baptême du Kop. Voilà ma mère comment je vois ta tendre insouciance. Je vais sauter dans la foule et tu ne m'y trouveras plus. Toni mon chéri, pourquoi est-ce que tu coupes tes cheveux, pourquoi est-ce que tu vas voir tous ces matchs. Toni mon chéri, ça n'est pas intéressant. Elle n'est pas là ta liberté.

Toni mon chéri, tu te feras écraser par tous ces hommes un jour si tu n'es pas, si tu n'es pas. Reviens et finis ta phrase, créatrice de mots tendres. Toni continue de parcourir les photos. Elle ne sait pas ce qu'elle regarde. Mes cheveux mes cheveux. Sur la photographie un homme allongé, nu, pris dans l'ombre d'une fenêtre. M. tu étais allongé comme cela il y a quelques semaines. Tu fermais les yeux, le sexe soûl. Tes yeux ailleurs. Allongé sans me regarder. Moi je le regardais, idiote que je suis je le regardais. Un épi de blé à la peau lisse et opaque. Chauffé par le soleil. Les narines grandes ouvertes. Impénétrable maraud. J'aimerais que tu n'existes pas, que tu ne sois pas cette photo, mes pas dans la rue, tous les autres étudiants dans les couloirs de l'université. J'aimerais ne pas te deviner partout où il y a de l'air et du silence. Allongé à penser à tout ce qui n'est pas moi. J'aurais dû être le centre, j'aurais dû être de merveilleuses étoiles dans tes yeux. Il n'y avait rien, rien du tout, ni un voile ni une flèche, rien de filant, rien de lacté, aucune promesse de ciel. Un baiser tiède sur le front. Mais non Toni ce n'est pas possible, Toni, pas moi, je ne t'aime pas. Il a dit ça hier, depuis je vomis.

Je sors d'ici. Ses pas traînent, sa bouche est pâteuse. Quelque chose d'épuisé dans le corps sans doute. Le réveil de ce matin est loin. Il n'y a pas beaucoup de lumière. Pas étonnant de t'y voir, tu plonges sous terre continuellement. Toni veut toucher les murs. Ils sentent l'urine et la poussière. C'est ce béton. Il y en a tellement qu'on a envie de le toucher. Le toucher pour mieux le comprendre. Mais combien de saletés et de microbes et de bactéries vont se poser sur mes doigts. Combien de peaux ont troublé le repos de ces murs. Des peaux transpirantes, des peaux infectées, des peaux boutonneuses, des peaux irritées. On ne voit rien de la mémoire du béton. Le béton ne retient rien. Pas de chair, pas de souffle. Toni entend ses pas résonner. Elle longe les graffs, les flaques, les quelques graviers égarés, les brins d'herbe fortuits, les canettes de bière sans regarder derrière elle. La galerie s'achève sous le périphérique. Elle sort et se retourne, regarde les voitures passer derrière la barrière en plastique. Ce ne sont que des reflets de voitures. Le bruit d'éclatement occupe l'espace. Ma main chauffe comme un petit pain. Qu'est-ce que Toni donnerait pour un petit pain. Elle voit déjà dans ses mains la saucisse-frites du stade. Je vais entrer et je vais commander une saucisse pain ketchup moutarde mayo sel frites huile barquette gras cholestérol et mal de ventre. Le repas d'une fête flamboyante, celle d'une montée. Je n'attendrai pas la mi-temps pour la saucisse-frites. La mi-temps c'est le temps de la projection. On se croit gagnant ou l'on se croit perdant. Pas le moment de manger une saucisse-frites. Il faut entrer au stade et manger tout de suite. Ce n'est pas l'habitude, elle le sait. Je le sais, je devrais attendre la mi-temps pour manger des frites tièdes et moites. C'est que j'ai si faim. Vous ne comprenez pas. Vous ne comprenez rien. Certaines voitures klaxonnent et le trottoir laisse à peine la place pour les deux pieds. Elle ne sait pas combien de kilomètres elle a mangés aujourd'hui. Elle ne sait pas d'où elle est partie pour se retrouver ici. Elle ne sait pas pourquoi elle a préféré l'extérieur plutôt que sa chambre, le vide plutôt que l'université.

Elle ne sait pas pourquoi elle attend depuis ce matin. Pourquoi aujourd'hui elle n'a pas d'amis. Pourquoi aujourd'hui elle vomit et vomit et vomit et vomit et vomit. Pourquoi aujourd'hui les sales putes résonnent plus que tous les autres mots. Pourquoi lui hier et lui aujourd'hui, M. qui nage à contresens, qui court au ralenti, qui parle sans mots. M. tu ne vois rien et je te déteste pour ça. Elle a cru aux mains sur les hanches et aux baisers sur le front. Les couples font ça. Mais toi tu as menti. Un silencieux mensonge, je te déteste pour ça. Pourquoi M. qui disparaît aujourd'hui. Toni sent son ventre vibrer. Toni sent sa main chauffer. Elle sent son haleine acide et sent ses jambes lutter et ses oreilles bourdonner. Pourquoi un jour comme celui-ci arrive aujourd'hui, je n'en sais rien. Il n'y a qu'à marcher encore et trouver quelque chose qui lui permettra de changer la courbe. Il faut arriver au stade, c'est le stade qui fera de cette journée une journée sans pourquoi. Il n'y a que le match, il n'y a que le match qui compte.

Je suis désolée monsieur, je ne peux plus rien vous donner. Toni regarde le sans-abri avec des yeux qui pleurent. Lui aussi d'ailleurs. Je ne défierai pas la peur de votre barbe fatiguée, de vos ongles sales, je n'accepterai pas votre odeur et votre désespoir. Vous devriez me comprendre, vous devez me comprendre, c'est à vous de me comprendre. Mon argent est réservé à la saucisse-frites. Je ne dirai pas la culpabilité qui déborde quand je vous vois. Je chanterai votre tristesse. Toni descend les marches du métro. Vos sourcils empoisonnés, vos injures enivrées, votre main fripée dans la poubelle ne m'empêcheront pas de chanter ce soir.

Il y a du monde sur le quai. C'est une heure de pointe. Toni s'appuie contre un mur et serre ses doigts sur la blessure. Elle enfonce les ongles dans la plaie. Les doigts sont blancs et le sang coule. Un homme avec une mallette regarde la main de Toni. Ça saigne, oui ça saigne. Tu veux lécher. Il la regarde avec des yeux hésitants. Regarde tout droit les passants du quai d'en face. Je sens tes yeux. Mademoiselle, mademoiselle, pardon, vous saignez, vous saignez de la main. Oui j'ai vu. Vous avez besoin d'aide. Je n'ai besoin de rien, surtout pas de vous. Non, merci monsieur, vous êtes gentil, je n'ai pas besoin d'aide. Toni détourne la tête avec un sourire. Détale tant qu'il en est encore temps. C'est quoi votre nom. Il ose. Vous vous appelez comment. Je m'appelle Toni. Toni, vous vous appelez Toni. Oui Toni, Toni, je m'appelle Toni. Métro sois mon sauveur. Le vacarme de son arrivée coupe la voix de l'homme. Toni se faufile dans la foule et vise un autre wagon. Elle le voit la suivre du regard. Ses yeux luttent. Je t'en montrerais des mains sanglantes. Toni entre dans le wagon au moment où les portes se referment.

Les uns contre les autres. Des mèches lui viennent sur le nez, sur les lèvres. Elles grattent comme des mains anonymes. Elle est contre la porte. Des gens se raclent la gorge, d'autres se cramponnent avec un doigt, d'autres ne trouvent pas de place. Il y a ceux qui restent assis sur les strapontins malgré le monde, il y a ceux qui, par une empathie plus forte que l'ignorance, se sont levés il y a longtemps. Il y a les plus jeunes qui ont ce regard. Ce regard que l'on ne définit pas tout à fait et que l'on reconnaît parfaitement. Un regard de flemme et d'indignation. Il y a les adultes gênés par le contact des autres corps. Priez la vitesse de pointe et l'abnégation. Il y a ceux qui connaissent le métro. C'est un peu comme chez eux. Ils lisent ou ils écoutent de la musique, ils croisent des regards et ça n'a rien d'étrange. Corps détendus. Il y a ceux qui lisent le journal. Il y a ceux qui écoutent la musique trop fort. Qui battent du pied. Qui chantent sur la musique. Il y a ceux qui sont en bande et qui racontent leurs histoires pour tout le monde. Il y a ceux qui vont à la gare. Leurs valises et leurs corps contrits prennent toute la place. Il y a ceux qui jouent d'un accordéon tout aussi fatigué que les rides sur leur visage. Il y a ceux qui jouent de la guitare avec pudeur et fierté et plein d'autres choses encore qu'on ne décrypte pas. Il y a ceux qui sont égoïstement en couple. Le métro est l'occasion de baisers pleins de langues et de caresses. Il y a ceux qui quémandent inlassablement. Il y a ceux qui sont touristes. Encore plus touristes dans le métro qu'autre part. Attentifs aux étrangetés. Il y a les dépressifs qu'on ne voit ni ne comprend. Qui bientôt se jetteront sur les voies et qui couperont la circulation pour plusieurs heures. Il y a les chauffeurs de bus qui prennent le métro, souvent les yeux fuyants. Ils sont une police détestée. Il y a les lecteurs de romans. Ils ont des yeux amoureux. Il y a ceux qui tentent de lire le titre du roman. Ils sont en face. Le défi dans l'ennui. Il y a ceux qui sont sur le téléphone. Voile de mystère autour d'eux. Il y a les vieux messieurs au sac plastique et les mères au cabas rempli. Il y a les hommes qui regardent les jeunes filles. Il y a les pervers qu'on ne voit pas mais que l'on sent. Il y a les personnes qui se regardent et qui s'apprécient mais n'en font rien. Et il y a Toni collée contre la vitre.

La chaleur commence à la prendre au visage. C'est qu'on est beaucoup. Les vêtements sont moites. Une aisselle juste au niveau des yeux. Une aisselle moite. Je t'épilerai jusqu'au sang. Je vous sens grouiller, poils indiscrets. Toni a un relent. Je sens l'odeur de sa transpiration. Si Toni décale son visage elle aura la joue collée contre la vitre. Combien d'épidermes l'ont touchée. Elle reconnaît les traces grasses des fronts et des mains qui s'y sont appuyés. L'homme n'a pas l'air de s'en soucier. Il regarde une vidéo sur son téléphone. Donnez-moi votre téléphone. Je veux regarder aussi ce qu'il s'y passe. Il renifle on ne sait trop quoi. Il déglutit. Monsieur vous êtes sale mais ce n'est pas grave. Les plaisirs du métro. Ce qu'il y avait ce matin dans sa poitrine est toujours là mais Toni ne sait pas si cette chose grossit ou disparaît à mesure qu'elle s'approche du stade. Toni a un plaisir étrange à sentir la moiteur de ce lieu que tout le monde connaît. Un plaisir à sentir la machine démarrer, secouer les voyageurs, couiner contre les rails, frotter le fer et voir dans le tunnel plongé de noir quelques étincelles éclater. Un drôle de plaisir à voir tous ces inconnus qui apparaissent puis disparaissent. À voir tous ces visages, tous ces cheveux, toutes ces chaussures. À les voir puis les perdre pour toujours. C'est peut-être la seule chose que l'on perd pour toujours, ces gens que l'on croise.

Un arrêt. Toni ouvre la porte. La poignée a glissé. Toute cette sueur. Personne n'entre. Un peu d'air se frotte à son visage. Dans le métro, d'une manière ou d'une autre, elle est un peu plus en paix avec elle-même. Un moment de répit. Elle transite entre les deux, entre ces deux on ne sait quoi, précisément. C'est peut-être toute cette crasse qui me rassure. Elle sent la sueur dans le bas de son dos. Le métro est comme une tribune. Oui, c'est sans doute cela qui fait que malgré la sueur, malgré sa main blessée et la douleur dans son bras, malgré son nez dans l'aisselle du voisin, Toni ne se sent pas hors de propos dans ce monde roulant. Je ne regrette rien quand je suis dans le métro. Une fois dedans, elle n'a plus de responsabilités. Elle n'a plus de décisions à prendre. Une barque vers l'autre rive, vers l'autre bout de son quotidien. Celui qu'elle garde pour elle. Celui que je préfère taire. Personne ne sait dans ce wagon où Toni va. Personne ne connaît le prénom de personne, personne ne se parle ni ne se sent exister. Le métro est un outil trivial et idiot, il n'est là que pour son utilité et toute la terre creusée, toute la main-d'œuvre depuis plus d'un siècle, tous les ingénieurs et les ouvriers qui ont pensé le train souterrain sont oubliés. Il n'y a rien de plus normal et simple que de prendre le métro. Les tunnels ici ne sont pas effrayants. Il n'y a pas de galerie qui donne le frisson, il n'y a pas d'attente de lumière. On a mis la lumière à l'intérieur du tunnel. On a mis les hommes sous terre et ils ne se mélangeront jamais aussi bien qu'ici. Un arrêt. L'aisselle moite descend du wagon et s'en va. Une femme enceinte cherche à se frayer un chemin. Elle entre et trouve une place à côté de Toni. Votre visage. Des cernes sous ses yeux mais des cernes rayonnants. Votre visage. La peau semble brune pourtant elle ne l'est pas, elle est toute blanche, tout urbaine. Quelque chose lui donne une force que je ne connais pas. Elle la regarde sans retenue, la femme n'en fait rien. Elle porte une queue-de-cheval basse, la raie sur le côté, les mèches derrière les oreilles. Son manteau n'est pas boutonné, il laisse deviner le ventre rond. Le train sort de terre. Toni est face à la rivière et aux tours. Les nuages rosés ont pris d'assaut le ciel. Elle sent contre sa hanche un mouvement léger, quelque chose qui tape. C'est ce ventre. C'est votre ventre, votre ventre rond touche mon corps. Léger et dérangeant. Elle ne doit pas savoir, elle ne doit pas sentir. Ses joues s'enflamment. La femme regarde le paysage sans rien exprimer. Toni ne peut pas bouger. Mon visage collé à la vitre. Pas une voix dans le wagon. Ce ventre n'est pas pour moi. Je ne devrais pas être en contact avec lui, je n'y ai pas droit, il n'est pas pour moi. Elle est interdite par la chaleur de la peau, par sa fermeté et son évidence. Vous n'avez donc aucune intimité, vous offrez votre enfant démembré et visqueux à ma hanche. De la tête aux pieds vous me gênez. Comme si la douceur et la chaleur d'un ventre enceint étaient autant d'épines dans sa gorge. Tous les voyageurs qui ne s'insurgent pas sont des lâches et des hypocrites.

Personne ne voit l'affreuse situation que Toni vit à ce moment précis. Je vomirais ce ventre plein. Toni-toni. Ce soir c'est match oui ce soir c'est match. Le train retrouve le tunnel et Toni aperçoit son reflet dans la vitre. Mes cheveux mes cheveux. Elle veut porter la main à son visage et touche le ventre de la femme. Contrition et courtoisie. Ce n'est rien, ce n'est rien, mon ventre est gros après tout. Elle ouvre son sourire. Laissez-moi vous regarder. Votre ventre et votre visage. Il n'y a pas de mal. Que c'est beau ce ventre vivant. Vous ne devriez pas être ici. J'aurais beaucoup de questions à vous poser, restez s'il vous plaît, continuez ce chemin avec moi. Dites-moi ce que ce sera de renoncer à votre ventre après neuf mois de création. Une création entière. Les portes s'ouvrent. Au revoir. Et le ventre s'est échappé.

Trois sacs de couchage respirent par terre, alignés. Ils sentent d'ici les odeurs d'égouts. Des bouteilles vides les séparent de nous, qui avançons. Les couloirs s'enchaînent. À droite un vendeur de fruits et légumes. À gauche, assise sur ses genoux, une femme suppliant pour de l'argent. Seul le bourdonnement des pas hâtifs résiste. Et le grondement du métro qui freine et qui repart comme un rythme vital à suivre. Et la lumière blanche qui assèche l'œil. Et le trompettiste, quelque part, qui joue pour tout cet argent qu'il n'aura pas. Et l'homme au loin, pieds nus. Il tend une main. Dans ces couloirs sans fin, aux odeurs miteuses, les passants s'engouffrent pour courir vers la sortie. Pressés par ce mal-être souterrain. Un avant-goût.

Alors quoi t'as peur de moi faut pas avoir peur de moi t'as peur de quoi elle a peur de moi faut pas je suis pas un violeur je vais pas te faire de mal faut pas t'inquiète pas eh moi je suis bien je suis pas je donne pas de coups faut me croire eh sur parole il faut me croire tiens qu'est-ce que qu'est-ce que t'as t'as peur de moi faut pas avoir peur faut pas faut pas faut pas avoir peur de moi je fais pas peur. Il s'est fabriqué une intimité en cartons et en couvertures. Cette voix dans le silence des passagers qui attendent et qui écoutent sans le vouloir.

Toni est en face d'un garçon et d'une jeune fille. À côté d'elle un homme. La quarantaine, des lunettes, de gros sourcils, des poils dans les oreilles. Les poils dans les oreilles c'est la première chose que j'ai remarquée. Il lit le journal. La jeune fille a passé sa jambe sur celle du garçon. Il gratte ses boutons. Les pores dilatés. Les bagues aux dents. Les cheveux gras et secs. L'adolescence est une salope. Rien ne fleurit, tout est pustule, déception et incompréhension. Ils ne savent rien. Ils ne savent pas qu'ils ne sont pas faits l'un pour l'autre. Ils ne savent pas ce que sont une rupture ou un chagrin. Ils ne savent pas ce que c'est que d'être seul chez soi et d'être chaque jour responsable de son propre corps, de son propre esprit. Vous êtes aussi chanceux que malheureux. Ils discutent avec les yeux grands ouverts. Ceux du jeune homme visent la bouche de la jeune fille. On se retrouve à quatorze heures demain. Quinze heures quarante-cinq. Elle est insolente. Tu es bête. La fille lui met deux claques sur la joue. C'est affectueux et c'est méchant. Tu es bête. Tu sais moi aussi je peux le faire. Mais c'est parce que tu as de grosses joues très mignonnes. Toi aussi tu as de grosses joues mignonnes. Non. Mais si tu as des joues. Non. Et la jeune fille lui rend une gifle ni affectueuse ni volontaire. Puis elle l'embrasse. Dos à Toni, sur les strapontins, une autre conversation entre deux filles. Je lui ai dit qu'il allait trop loin, oui je t'assure, je lui ai dit que c'était trop et la prochaine fois j'arrête, je pars de l'appartement. Oui tu devrais, parce que ce n'est pas normal ce qu'il a fait. Je sais que ce n'est pas normal. Je sais très bien que ce n'est pas normal. Mais c'est comme ça. C'est comme ça. Il y a des choses qui sont compliquées. Compliquées. Qu'est-ce qu'il a fait exactement. Effroi je te sens monter comme un virus tenace. Les deux filles ont le dos droit. Elles pensent les mêmes choses avec la même intensité et la même résilience mais surtout ne se regardent pas. L'amie de l'effroi, c'est la honte. La honte est tout entière sur nous, je le sens. Toni croise le regard de la confidente. Un accablement anonyme qui disparaîtra, comme toujours. Moi aussi je me défile avec le dos droit et les yeux pleins d'effroi, c'est comme ça.

Pour notre amour, il faut se battre pour notre amour tu comprends. Je me suis réveillée de mon sommeil avec ces mots. Tu ne peux pas faire ça pour notre amour. Il parlait d'amour et d'amour mais moi je ne voyais l'amour nulle part. La blessure de Toni est douloureuse. Elle défait le bandage pour le resserrer. La jeune fille en face laisse sortir de sa bouche un bruit de dégoût. Regarde ce qu'elle a sur la main. Je peux te peindre le visage avec si tu veux, ça cachera tes boutons. Ça vous dégoûte pas vrai. Non ce n'est pas ça. Si ça vous dégoûte, moi ça me dégoûte. Comment vous avez fait. Je me suis blessée à la guerre. Toni sourit et les deux adolescents ne réagissent pas. Ça s'arrête là. Ils descendent ici et ne disent pas au revoir. Toni finit d'ajuster son bandage quand deux jeunes garçons s'assoient en face d'elle. Agités, ils prennent de la place. Deux grandes dents de lapin et de la bave sur les lèvres. Son voisin regarde Toni et l'homme au journal. Et tu sais combien font cinquante-huit plus trente-cinq. Oui je sais. Alors ça fait combien. Les regards se croisent. Les mains sur la vitre, les mains sur le siège, les mains sur la barre, les mains dans la bouche. Ses genoux tapent contre ceux de Toni. Il sort des choses de son sac, il fait des blagues puériles. Il postillonne sur son ami. Il fait mine de n'avoir rien senti et puis s'essuie la joue. Il met ses mains sous ses cuisses. Toni regarde les dents de lapin. Il sourit avec prétention cet enfant. Ses cheveux sont en bataille. Le voisin de Toni s'agace, lui aussi reçoit des coups de pied dans les tibias. Il n'arrive plus à se concentrer, il quitte son journal des yeux sans cesse. Toni le sent. Ne convulsez pas monsieur, ne vous énervez pas. Sa jambe commence à trembler. Les étrangler. Prendre leur tête, les cogner l'une contre l'autre, je le vois venir. Tirer leurs cheveux, arracher les yeux et les oreilles. Tordre leurs pieds et les jeter dehors à la prochaine station. À chaque coup dans les jambes il souffle. Il a déjà regardé l'heure trois fois depuis qu'ils sont entrés. Toni se colle à la vitre. Il éclate. Maintenant vous vous calmez. Autorité discrète. Il s'est penché pour vomir sa rhétorique. Vous vous calmez, est-ce que c'est clair. Ils s'enfoncent dans leur siège. Ils ne bougent plus. Le voisin de Toni rouvre son journal. Au match, ils pourraient se défouler. Venez avec moi. Venez suer toute la frustration de votre semaine. L'école les professeurs les parents. Tout ce qu'on vous oblige à faire et tout ce qu'on vous interdit. Toni défait son bandage. Les enfants regardent. Ils restent au fond des sièges, les bras croisés ou les mains sous les cuisses, mais ils regardent. Elle fait mine de ne pas savoir. Elle fait mine d'avoir très mal. Toni joue la comédie pour faire rire les enfants. Ils rigolent, ils sourient. Les deux enfants se regardent avec toute la complicité de l'amitié. Si l'adolescence est une salope, l'autorité est une chienne. On ne peut pas le nier. Toni fait des grimaces. J'aimerais leur dire ce que je pense. J'aimerais leur dire qu'il faut venir chanter. Venez chanter tout ce que vous n'acceptez pas. Tout ce qu'au fond vous ne comprenez pas. Les compromis des parents. Les complications des adultes. Les regards qui ne sont pas pour vous. L'amour et le sexe. Venez chanter votre liberté d'enfant. Celle qui est couvée, celle qui ne redoute pas. On ne redoute pas. Plus vous grandissez plus vous avez peur du sol. Les chutes deviennent des échecs. Venez chanter toutes les lois et les règles, les doigts levés, les yeux noirs, les punitions, les devoirs, les choux de Bruxelles, les couvre-feux. Venez sentir la légèreté de l'espoir, le poids de la foi. On ne redoute pas les chutes dans une tribune. On est comme vous dans une tribune. Plus tard, quand les filles auront des hanches et des seins, quand les hommes auront des voix graves et des couilles, plus tard vous verrez tous les jours des voisins insultants. Des voisins qui vous donnent des ordres. Qui prennent votre droit et votre silence comme leur liberté. Vous en aurez tous les jours. Regardez comme je saigne. Regardez ma blessure. La tribune vous prépare. La tribune vous fait peur. La tribune vous explique. Elle explique tant de choses. Ce n'est pas tous les jours que l'on découvre une tribune comme on découvre la vie. Ce n'est pas tous les jours mais il faut savoir se préparer, il faut savoir se préparer.

Le métro se vide, il arrive au bout de la ville. Ils sont tous partis mais je suis là. Avec mon anniversaire et cette chose entre mon cœur et ma gorge que je ne comprends pas. Plus loin dans le wagon, deux personnes discutent. Ce sont des supporters. Ils ont l'écharpe du club. Un wagon vidé lui donne l'impression d'être nue et offerte. C'est étrange, Toni se laisse faire par une arrière-pensée désagréable, une arrière-pensée qu'elle aimerait ne pas avoir et qui se mélange à toutes les autres sensations qu'elle éprouve quand elle pense au club, aux matchs, à la jubilation. L'arrière-pensée d'être persuadée que les supporters sont des prédateurs. Toni voit les deux hommes aux écharpes et Toni détourne le regard. Des prédateurs particuliers. Ils ne jouent pas de leurs regards. Il n'y a rien à soupçonner dans leurs corps. Ce n'est pas une violence brutale, claire, littérale. J'ai plutôt peur de leurs mots. Ce qu'ils sont capables de dire, de crier dans les tribunes, protégés par le nombre. Ce qu'ils sont capables de dire après quelques minutes pitoyables de fausses politesses. Certains supporters ont toujours un but, celui de blesser. Alors Toni attend. J'attends leurs critiques. J'attends de recevoir sans rien dire. Je sourirai s'il le faut. Je n'ai pas vos couleurs sur mon corps. Les couleurs du club comme un bouclier. Pourquoi est-ce que je les porterais. Pour faire partie d'un groupe. Pour montrer que je suis comme vous. Pour que mon appartenance soit écrite sur mon front. Pour vous donner mon opinion. Mon camp. Mon choix. Je n'appartiens pas. Je ne suis à personne, pas même au club. Je n'ai pas besoin de montrer qui je supporte. Je n'ai pas besoin de montrer que j'ai supporté le poids du club toute ma vie. Je n'ai pas besoin de vous montrer que je le supporte bien mieux que vous. Vous ne vous doutez pas que je serai à côté de vous dans la tribune. Vous ne vous doutez pas que je vous écoute sans vous regarder. Que je prétends me perdre dans les reflets de la vitre. Vous ne vous en doutez pas parce que je suis seule et que je suis une fille et que je ne porte aucune couleur. Pourtant je suis sûre que je supporte mieux que vous. Je ne veux pas paraître prétentieuse. Tu gères mal ton équipe, voilà. Je te le dis. Un homme très grand, un gros nez, de grosses mains, une grosse bouche. Il mangeait beaucoup et buvait des litres. Avide d'une chose hors de portée. Tu gères mal ton équipe, tu fais mal les choses. Quand on a un joueur comme ça on le met devant, mais oui bien sûr, on le met devant et on attaque plutôt que de le mettre en défense, tu ne fais que te défendre, ce n'est plus jouer au foot. Écoute-moi, ce n'est pas ça le foot, le foot c'est une vraie préparation agressive, caresser tes joueurs avec des primes ne suffit pas non, non je te dis que non, tu as tort tu gères mal ton équipe, tu ne vas pas rester président longtemps comme ça, tu dis n'importe quoi, n'importe quoi. Il s'énervait. Elle aurait voulu se lever et partir, elle aurait voulu lui dire. Tais-toi, tais-toi comme tous les autres doivent se taire. Tes dents sont noires et ton ventre est plein de bêtises. Un corps interdit comme souvent. À le regarder parler et cracher sa jalousie pleine de poulet dans nos assiettes. Ce sont nos assiettes. Continue de vomir tes théories sur la table. Le pouvoir tu le tiens dans la main pas vrai. Elle contracte les poings et enfonce à nouveau ses ongles dans sa blessure sans le vouloir. Les portes s'ouvrent, c'est le terminus.

Il faut prendre la sortie à gauche au bout du

couloir, monter les marches et l'on est dehors, c'est une autre ville, d'autres personnes, d'autres voitures, d'autres odeurs, d'autres regards. Toni sort de terre et cherche déjà à l'horizon le soleil qui se couche. Il se couche ici, sur cette avenue fatiguée, tout au bout. Qui l'aurait cru. Devant Toni, exactement comme elle s'y attendait, un homme essaie de lui mettre un bout de papier dans les mains. Elle le prend avec un sourire. Professeur Sami grand sérieux voyant discret homme bio relié au cosmos et à l'au-delà il ne pense pas comme vous, je prête serment sur mon honneur de ne pas trahir spécialiste des problèmes sentimentaux et difficultés sportives ceux qui veulent un résultat passent à mon domicile tout de suite mariage durable lustre d'antan rapport taille/poids examen du sexe pour avoir de la force en amour stérilité stade hanté copain ou copine partis n'hésitez pas à appeler voyant puissant trente ans d'expérience réagissez satisfaction immédiate. Toni plie le papier en quatre et le met dans sa poche. Dernier objet d'une dernière journée. Je l'accrocherai chez moi. Mes vingt ans seront signés par Professeur Sami. Merci, Professeur Sami, d'être relié au cosmos. Professeur Sami, sentiriez-vous ce qu'il y a dans mon ventre, dans ma main, dans mes hanches aujourd'hui. Professeur Sami, vous ne connaissez pas M. Il faudrait lui ouvrir les yeux. Le silence de M., Professeur Sami, vous ne le connaissez pas. Il m'a fait jouir et puis silence. Et aujourd'hui je descends l'avenue et je vous parle Professeur Sami pour occuper mon esprit. J'aurai froid ce soir. Les chants la réchaufferont. Ce soir elle aura froid mais elle mettra bien plus de cœur encore à trouver la chaleur. Elle sent aussi l'odeur du maïs rôti. J'aimerais en prendre, qu'est-ce que j'aimerais en prendre. Il y a la saucisse-frites, je la trahirais si je prenais du maïs grillé. Toni regarde ce qu'elle a en poche et il n'y a pas grand-chose. Elle passe devant le maïs sans le regarder. Les klaxons des voitures bloquées, ils pressent mon pas. Un bus en perpendiculaire, des vélos qui font leur chemin, des motos sur le trottoir, des mains qui sortent des vitres. Le tumulte de la rue mêlé à l'odeur du maïs grillé, c'est le goût de la détresse mêlée au réconfort. Il y a aussi l'odeur de l'essence. Sur les capots on aperçoit un tremblement épais. Tout est à l'arrêt. Les piétons sont partout. Le carrefour est en travaux. Il y a des grues, des blocs de béton, des panneaux orange qui se mélangent difficilement au coucher du soleil. Des lignes au sol pour contrôler. Comme eux je passerai aux feux rouges et entre les voitures. Comme eux je lèverai le doigt. J'aimerais avoir cette audace. Des foules de gens agacés aux arrêts de bus et des adolescents qui courent avec une gaieté hors norme. Toni n'est ni une adolescente ni une adulte. Je suis l'entre-deux. Il y a bien plus d'hommes que de femmes sur ce boulevard. Elle se rapproche du stade.

Elle voit plus loin les deux supporters du métro. Tonitoni cours pour les retrouver. Ils ont des bières à la main. Ce n'est pas tout à fait qu'elle aimerait être avec eux. Ce n'est pas ça. Ce n'est pas de la jalousie, ce n'est pas de l'envie. J'aime suivre vos derrières des yeux, j'aime courir jusqu'à vous pour ne pas vous perdre de vue, j'aime tendre l'oreille pour écouter votre conversation. Être proche des supporters alors qu'ils ne me voient pas. Je n'entends pas, parlez plus fort je n'entends rien de ce que vous dites. Elle se fait klaxonner par des voitures pressées. Elle touche un capot de sa main blessée. Un peu de sang sur votre voiture pour votre rudesse. L'avenue est en pente. Les rideaux de fer sont baissés et maintenant que le soleil disparaît, quelques enseignes clignotent. Attendez-moi pour chanter ce soir. Ils s'excitent, elle le voit bien qu'ils s'excitent. L'alcool et la chaleur du stade vous prennent. Laissez-moi rire avec vous. Laissez-moi danser avec vous. Des entrechats et des sauts de biche. Laissez-moi danser. Mais surtout ne vous retournez pas, ne me regardez pas. À quoi bon me regarder. À l'angle il y aura un café, le café vitré avec une très étroite véranda, le café qui n'a qu'une chaise et une table en terrasse. Ce café que Toni n'a jamais vu ouvert. Et à l'angle du café il faudra tourner à gauche. Et le béton sera là. Abîmé. Abîmé et vétuste. Mais béton, tu seras là pour m'accueillir. Les spots seront allumés. Lumière blanche dans le ciel déjà foncé. Le stade a toujours eu l'air de parler. Il dit quelque chose quand on arrive. Il sourit. Les supporters sont là, joyeux, alors il sourit. Les bières dégoulinent dans les mains. Ils sont devant le bar d'en face. Les voitures sont bloquées par tous ces gens sur la route. Toni ne comprend pas ce qu'ils disent. Elle n'entend même pas des bribes de conversation. Elle n'arrive plus à écouter. Je suis grisée par quelque chose que je ne définis pas. Au stade Toni est désorientée. Il y a tant de monde. Une excitation franche dans le corps de toutes ces personnes. Dans le corps de tous ces hommes. Quelque chose prêt à éclater chaque vendredi. Aujourd'hui quelque chose éclatera pour mon anniversaire. Oui ce sera pour moi, que vous le croyiez ou non. Ce sera pour moi. Beaucoup font la queue à la billetterie. Moi j'ai ma place déjà. J'entre sans que l'on me voie. J'attends sans que l'on me voie. Vous ne me verrez pas mais je serai là. À attendre patiemment que le stade me parle. Vous ne pouvez pas comprendre. Toni est à l'angle du café et Toni s'arrête. Elle laisse les deux supporters continuer. Vous n'avez pas peur vous, vous êtes des hommes, vous n'avez rien à perdre. Margo n'aurait pas peur. Jimmy-paillettes n'aurait pas peur. Faire demi-tour serait si simple. La journée disparaîtrait. Il n'y aurait plus de vomissures sur les chaussures, il n'y aurait plus de déjeuner manqué, il n'y aurait plus de blessure à la main, plus de pomme d'amour coincée dans la gorge, il n'y aurait plus de sale pute et il n'y aurait plus de supporters pleins de cheveux, de poils et de bière. Toni pourrait partir tout de suite. Manquer de courage et disparaître elle aussi. Il n'y aurait plus que le stade. Il n'y aurait plus que le stade et son père quelque part à parler à l'entraîneur, aux joueurs, aux quelques journalistes, à un politique, à tout ce qui n'est pas elle. Chers joueurs pensez à moi, quelque part dans la tribune, sans doute, oui, sans doute effrayée, je crois que quelque part je suis effrayée, à chanter pour vous pousser vers le but. Ne m'oubliez pas. Si vous gagnez je monte avec vous. On m'applaudirait. Pour son égocentrisme, sa banalité, son émotion, on l'applaudirait. Toni tourne à gauche à l'angle du café.

Je me noierai dans la foule et j'en ressortirai adulte. Mes hanches seront adultes. Mes yeux seront adultes. Je regarderai les visages souriants avec tendresse parce que je me sentirai chez moi. Je vous regarderai avec paix parce que je serai adulte, sans haine, sans violence, sans incompréhension et pleine de résilience. Pleine de résilience. Elle balaie de ses yeux pudiques les environs. Il y a déjà la queue devant l'entrée mais beaucoup sont encore de l'autre côté du trottoir. Et encore ces sourires. Toni sourit sans doute aussi. Certains veulent acheter des billets, c'est à guichets fermés. D'autres en vendent. C'est l'heure. Mes cheveux mes cheveux.

C'est très beau ici, tu devrais venir mon chéri. Toni tu m'écoutes. Tu devrais venir bientôt parce que c'est très beau, vraiment merveilleux. La nature, le grand air, ça te plairait. Ça ferait du bien à ta peau. Tu es allée chez le coiffeur j'espère. Mon chéri, je suis bien ici. Les voisins sont des idiots. Tu viens quand alors, dis-moi. Viens voir ta mère. Comment vont tes cheveux. Tu y fais attention. Ne les lisse pas trop. Tu le sais mon chéri, Toni. Dis-moi quand tu viens me voir. Raconte-moi l'école, tu as de bonnes notes. Comment va ton frère, comment va tout le monde. Non juste ton frère, comment va ton frère. Il a poussé je suis sûre, je suis sûre qu'il est immense maintenant. Tu es toujours avec ton copain ma fille. Tu fais attention à ton poids parce que les garçons ne voudront plus de toi. Tu ne fais rien avec lui j'espère.

Mon chéri Toni, tu dois attendre encore longtemps. Moi j'ai attendu alors tu attends. Tu fais comme moi. Tu pèses combien. Tu dois avoir de jolis bourrelets. Tu sais que tu seras toujours ma fille chérie. Comment est la maison, elle est bien tenue j'espère, sans moi. Ici je tiens bien la maison, tu l'adorerais. Elle est grande. Il fait froid mais je mets le chauffage. Je ne suis pas radine. Je vais chercher un travail, un travail simple, je suis trop vieille et moche pour un travail compliqué. Ta mère vieillit tu sais. Tu fais attention dans le métro mon chéri. Je n'arrive pas à joindre ton frère, tu pourras lui dire de m'appeler. Il ne répond jamais. Il s'en fiche de sa pauvre mère. Tu sais que dans le métro il y a des vilaines personnes alors tu fais bien attention. Pas de téléphone et pas de jupe trop courte. Tout le monde va bien alors. Quand est-ce que tu viens voir ta mère. Dis-moi quand Toni mon chéri. Je ne viendrai pas te voir parce que tu n'es partie qu'en vacances, pas vrai. Tu m'avais dit que tu partais pour quelques jours. Quelques jours de vacances. Tu as dit dans le métro je reviens dans quelques jours disons quelques semaines. Maman tu m'avais dit ça. Donc je t'attends. Ce serait idiot que je vienne te voir si tu reviens bientôt. Tu m'avais dit que tu revenais bientôt. Moi je t'attends. À la fin de l'année il y a mon spectacle. J'ai eu de bonnes notes à mes rédactions. Tu avais dit que tu reviendrais vite. Tu veux que je te parle de papa. Dis-moi que tu veux entendre de ses nouvelles. Dis-le-moi. Dis-le vilaine que tu vas revenir. Ne pars pas comme ça. Ne raccroche pas. Reste au téléphone. Tu devais venir avec moi au stade. On devait voir le match ensemble. J'allais te montrer le Kop. Tu n'y étais jamais allée méchante. Tu aurais dû être dans le Kop avec moi. Tu aurais chanté avec moi. J'aurais été plus grande, à cet âge-là il n'y a plus de méchancetés entre une mère et sa fille. Dix-huit ans. J'aurais voulu te payer la bière et les frites. Tu n'aurais pas voulu de saucisse. C'est gras, c'est de la viande. Horrible femme. Génitrice en carton. Ne raccroche pas. Ne raccroche pas.

Cheveux courts, écharpes du club, casquettes, baskets aux pieds. Il y a surtout de ça autour de Toni. Pas de jupes, pas de cheveux longs, pas de mascara. Deux hommes aux épaules carrées surveillent les entrées. Leurs visages sont fermés. Grandes brutes que vous êtes, pas même un regard. Écrasement général par les spectateurs en furie.

Il y a trois colonnes, deux pour les hommes, une pour les femmes. Toni est seule. Ouvrez les jambes. Ouvrez votre sac. Les bras en l'air s'il vous plaît. Des mains inconnues parcourent mon corps. Elle est étrange cette sensation, celle de se laisser tâter comme un délinquant. Touche-moi encore l'entrejambe pour que je sente mon insignifiance. Vous avez quoi à votre main. Je suis tombée. Vous êtes tombée, vous êtes sûre. Je suis tombée. Vous n'avez rien fait d'autre. Vous n'auriez pas bu par hasard. Je vous sens bien rougeaude. Montrez-moi votre sac à nouveau. C'est bon. Je vois votre regard méfiant. Je suis un bon supporter, croyez-moi. Toni se dirige vers l'entrée du Kop, regarde le couloir sombre et continue son chemin vers une autre porte. Les lavabos sont bas et crasseux. Deux néons blancs grésillent, une autre ampoule toute nue surchauffe au-dessus de sa tête. Les hommes font la queue en silence. Elle prend à droite, tape dans la porte battante. Tout s'effrite. Que ça pue dans ces toilettes. Une odeur fumante qui sort de tous les trous. Les loquets n'existent ou ne fonctionnent pas. J'ai mal. Toni a mal à sa main, à son bras, et tout le sang de son corps est monté au front. Ne fatigue pas. Tonitonitoni. Pas maintenant. Devant elle, juste un trou dans le sol. Elle manque de tomber raide dedans. Toni se penche, pose ses mains sur les genoux et à nouveau elle rejette le mystère de son corps. Mes cheveux mes cheveux. Toni ne sait pas si c'est l'odeur ou ce poids énorme dans sa poitrine qui la fait dégorger. Les raclements de gorge et les plaintes épuisées ouvrent la curiosité des hommes qui attendent l'urinoir. Ils savent qu'il n'y a que Toni, sa honte et son incompréhension.

Toni se relève, son dos lui fait mal maintenant. À trop me pencher je sens mon corps s'énerver. Elle essaie de retenir son sourire. Il part jusqu'aux oreilles sans mon envie, idiot. Elle se relève et tire une chaîne qui semble être la chasse d'eau. Mes frites, je veux mes frites. Elle baisse les yeux, elle rougit gentiment, elle connaît la situation. Je le déteste. Toni s'appuie contre la porte des toilettes. Elle ferme les yeux pour ne pas penser à tous les germes qui gravitent autour d'elle, qui se posent sur ses mains, son dos, sa nuque. Évasion constante des yeux. Toni ne tient pas le regard. Je le déteste. La gêne est partie. J'aimerais t'entendre parler de l'université, du foot, de ce que tu fais, qu'est-ce que tu fais en ce moment. De temps en temps elle voyait Paul dans les yeux de M. La tendresse a une mémoire. Tu es ce que je vomis. Il a commandé du vin une fois, deux fois, trois. Ce qui était fantomatique au début est devenu amoureux. Amoureux M., j'en suis sûre. C'est de l'amour et maintenant je te vomis. Les jambes ont commencé à se toucher, les coudes, les mains. Leurs visages se rapprochent. Tu as vu mes cheveux. Il répond avec la pudeur de sa beauté. Ils la regardent au-dessus de la porte battante. Elle ne saurait pas dire comment ils la regardent. Viens là que je te dise que tu es belle. Viens là, viens là. Sale pute. Tu es souillée. Elle ne tremblait pas, au contraire. Elle tenait les verres sans aucune conviction. Elle faisait semblant de les tenir. Tous ses gestes sont devenus secs, droits, imités. Mon sourire heurté, blessé comme ma main. Il buvait, nous buvions tous les deux. Insatiables. Ils s'embrassent. Je n'aurais pas dû. C'est une valse violente que l'on danse ensemble. Toute rouge de vin j'ai prétendu l'ignorance de la douleur. Je te connais entièrement. Sa rudesse lui est familière. Sa tendresse involontaire m'est familière. Je te vomis aujourd'hui. Regarde ce que tu as mis en moi. Toni passe de l'eau sur son visage. Dis-moi que tu seras là demain. Tu seras là avec moi. J'ai trop bu M. Je vomirai sur toi. Donne-moi tes cheveux, ils sentent bon, donne-moi ton front, dis-moi que tu seras là. J'ai la tête qui tourne, j'ai trop bu. Des rires sans fond. Toni enlève son bandage. Il est humide et sale. Elle le pose sur le robinet pour qu'il sèche un peu. Moi je ne t'aime pas Toni. Égoïste. Je me suis forcée, écrasée, aplatie pour toi. Tu as toujours aimé le foot. Tu vois, moi je ne trouve pas d'intérêt à regarder au loin quelques idiots courir pendant si longtemps dans un bourdonnement constant. Toni lave sa blessure. Tu te trompes, je n'ai jamais aimé le foot. Je n'ai jamais aimé le foot et je ne l'aimerai jamais. Je hais tous ces hommes autour de moi. Ils sont des obstacles et des barrières. Je hais tous ces hommes plus grands plus forts et plus supporters que moi. Tous ceux qui ont goûté au ballon contre le pied parce qu'ils avaient les cheveux courts et qu'ils pouvaient être torse nu. Je ne suis nulle part dans le foot. Les plateaux télé sont masculins, les voix sont masculines, le langage est masculin, le terrain est masculin. Au stade je suis plus proche de celui qui ne me parle jamais. Je suis dans l'œil du cyclone. On m'y laisse m'amuser. On me laisse crier et je laisse crier les autres. Je chante tout ce que je n'ai jamais compris de lui. Je chante tout ce qu'il aime et que je n'aime pas. Je suis plus proche de lui. Il sait que j'aurai essayé d'être un garçon moi aussi. Que j'aurai essayé la rudesse d'un stade de foot tous les vendredis soir. C'est un sport qui remplace la parole du quotidien. Qui remplace tout ce que les gens ne parviennent pas à dire. Je déteste toutes les personnes qui aiment le foot. Si tu avais le courage et la sympathie de m'accompagner jusqu'à la tribune et de chanter avec moi tu comprendrais qu'une fois debout sur les gradins il y a tout à chérir. Il y a tout à chérir. Tu ne viendras pas. J'ai soif, sers-moi un verre. Toni boit au robinet. L'eau n'est sans doute pas potable mais elle a si soif. Boire tout ce que ce robinet peut offrir. Boire malgré le regard des hommes qui font la queue à côté.

Boire malgré M. Je ne t'aime pas, pas comme ça. Elle bande sa main et sort des toilettes le menton haut. Menton trop haut. Demain elle sera malade. Mais qu'importe. Il y a la queue aux saucisses-frites. Il faut commander si je veux être à l'heure pour le coup de sifflet. Toni sait qu'à gauche se trouve l'escalier qui mène à la tribune réservée au Président. Voilà où j'en suis. Les frites ou le Président.

Désolé vous ne passez pas. Il regarde Toni de haut. Elle bégaie. Non non vous ne passez pas c'est la tribune présidentielle. Tout recommence. Tout recommence toujours. Le cœur qui bat, le sang aux joues. Toni s'agace. J'aimerais hausser la voix. J'aimerais intimider. Vous ne pouvez pas monter. Dans sa main l'envie de gifler cet énorme vigile. Mes cheveux, mes hanches, mes yeux gonflés par la faim, les relents et la déshydratation. Je ne fais que mon boulot moi. Continuons tous nos boulots et faisons crever tout le monde à petit feu. Toni est fatiguée. Je suis fatiguée monsieur. C'est mon père qui est en haut. Vous êtes sa fille. C'est évident que je le suis. Toni le regarde avec de grands yeux comme si elle allait mentir, salement mentir. Lui aussi la dévisage. Il cherche les traits communs. Toni tord sa nuque pour trouver ses yeux. Vous êtes si grand. Il pince ses lèvres. Allez-y. Toni monte les marches avec une joie perdue. Les pas résonnent. Ce n'est pas grave. Rien n'est grave. En ouvrant la porte elle sait qu'il sera de dos. La poignée est froide. La porte grince. C'est ouvert. Toni regarde le videur. Il n'y a personne.

Elle tend la main pour recevoir la barquette. Une grande barquette et une baguette garnie de deux merguez. Le comptoir en carrelage est aussi moite et gras que la chasse d'eau des toilettes et les frites. Il est couvert de sel. Sans attendre elle empoigne langoureusement ses frites pour enfin goûter ce plaisir secret, quand une main se pose sur son épaule. Manon, c'est toi. La bouche pleine, Toni rit. Je suis dégoulinante de patates mal cuites. Elles se prennent dans les bras. Je ne t'ai pas vue les dernières fois. Je croyais que tu avais arrêté. Manon a les yeux rieurs. Elle n'arrêtera jamais de venir ici. Comme moi. Ses cheveux sont pris dans un chignon serré, très serré. Baskets noires et écouteurs, mains dans les poches, voix enjouée. Manon tu m'avais manqué. Tu es là. Tonitonitonitonitoni. C'est mon anniversaire. Manon joyeuse lui prend le bras. Le match est pour toi ce soir. Le cœur qui bat et les joues rosées. Manon voit sa main. Qu'est-ce que tu as fait encore. Manon veut savoir dans quelle histoire je me suis mise. Manon tu ne me connais pas vraiment. Manon je ne sais pas qui tu es. Deux étrangères qui se reconnaissent. Elle la dévisage. Des bousculades de partout autour d'elles. Épaules contre épaules sans klaxon sans juron. Toni aussi la dévisage. Je suis tombée. Manon lui débande la main. Ta main sur la mienne. Tu as passé une bonne journée j'espère. Merveilleuse, oui merveilleuse. Si tu savais. La main de Manon sur l'épaule de Toni, son autre main prend une poignée de frites. Elle doit y aller, elle rejoint ses amis. Elles se retrouveront dans le Kop. Oui retrouvons-nous dans le Kop. Toni la regarde partir. Retrouvons-nous Manon, j'aspirerai ta joie. Toni croque dans son sandwich. Il n'y a plus vraiment de douleur ni dans sa main ni dans sa poitrine. Les choses vont et viennent. Retrouvons-nous chère Manon que je mémorise ce sourire si différent de tous les autres.

Toni passe le couloir pour entrer dans la tribune. Cette lumière au bout qui l'avale. Un éblouissement improbable lui prend les yeux quand elle arrive de l'autre côté. Le soleil est pratiquement couché. La pelouse verte, les lignes blanches, les spots aveuglants, le ciel violacé comme un coquard et les manteaux noirs, les écharpes rouges, les corps épais. Toni monte les marches en ruine. Elle reprend sa place habituelle. Elle ne changera pas. Si je la quitte, je la perds. Les frites sont froides et moites, grasses et trop salées, elles sont si bonnes. Une certaine gêne parcourt Toni. Cette gêne qui me parle souvent. C'est un costume confortable. Une visière qui la protège. Une gêne excitante, un grain de beauté voyant et singulier à la fois. Je mange ma gêne. Je la savoure. Je regarde les gens qui me regardent avec gêne, je leur prends des mains et je me l'étale sur le corps. Je trempe mes frites dans la gêne que j'ai vomie aujourd'hui. Toni se régale. Elle regarde le terrain comme un désir. À droite, la tribune d'honneur se remplit. Il y a des sièges là-bas. Au-dessus, derrière une vitre, son père et son frère peut-être. Ce n'est pas grave, rien n'est plus grave maintenant. La tribune noircit, la rumeur des supporters est un nuage au-dessus de Toni. Frites et saucisse je ne vous oublierai pas. Toni mange sa dernière bouchée et puis se lève. Ils arrivent. Ils arrivent tous pour chanter. Elle les sent venir, eux qui aiment se confondre à la tribune délabrée. Elle sent venir à elle l'énergie insondable de tous ces inconnus. Je serai anonyme parmi les anonymes et l'on se regardera avec tendresse. Elle attend de voir Manon à travers les hommes lui prendre l'épaule avec ce sourire brûlant. Toni n'a plus beaucoup d'espace. L'équipe va arriver. Elle va sortir de cette entrée secrète, pénétrer ce nouveau monde, fouler le tapis magique. Regards concentrés vers le terrain. Ils sont impassibles avant le coup de sifflet. On les désire dès qu'ils naissent devant nous. Toni sent quelque chose dans sa poitrine. Autre chose. Manon je sens l'adrénaline monter, c'est toi qui me l'as donnée. Ce n'est plus de l'attente, c'est une espérance. Alors la journée s'efface. Les contours se troublent et elle s'évanouit doucement sans que Toni ne s'aperçoive de rien. Le corps blessé, les jambes fatiguées et le ventre acide s'apaisent. Le cœur las ralentit. Tout va bien. Toni croise le regard de Manon entourée de sa bande de garçons. Elle ressemble à la footballeuse qu'elle est. Ils arrivent. Jeunes hommes bien musclés devant une foule grisée. D'un seul sursaut le tambour se répand. Supporters je me joins à la violence de vos voix priantes. C'est ici que mes vingt ans sont. Dans ces chants, dans ces graves, dans la conviction de tous vos yeux amoureux. Toni lève les bras et sans doute, enfin, le corps devine.

Merci à Fred. Pour le regard, la patience,
la sincérité.

DE LA MÊME AUTRICE

Aux Éditions P.O.L

TONI TOUT COURT, 2021 (Folio n° 7093).

Aux Éditions Buchet Chastel

TONI LA FILLE dans NOIR ET AUTRES NOUVELLES, *collectif*, 2020. Prix du Jeune Écrivain (quatrième prix).

COLLECTION FOLIO

Dernières parutions

6703. Dave Eggers	*Une œuvre déchirante d'un génie renversant*
6704. Nicolas Fargues	*Je ne suis pas une héroïne*
6705. Timothée de Fombelle	*Neverland*
6706. Jérôme Garcin	*Le syndrome de Garcin*
6707. Jonathan Littell	*Les récits de Fata Morgana*
6708. Jonathan Littell	*Une vieille histoire.* Nouvelle version
6709. Herta Müller	*Le renard était déjà le chasseur*
6710. Arundhati Roy	*Le Ministère du Bonheur Suprême*
6711. Baltasar Gracian	*L'Art de vivre avec élégance. Cent maximes de L'Homme de cour*
6712. James Baldwin	*L'homme qui meurt*
6713. Pierre Bergounioux	*Le premier mot*
6714. Tahar Ben Jelloun	*La punition*
6715. John Dos Passos	*Le 42e parallèle. U.S.A. I*
6716. John Dos Passos	*1919. U.S.A. II*
6717. John Dos Passos	*La grosse galette. U.S.A. III*
6718. Bruno Fuligni	*Dans les archives inédites du ministère de l'Intérieur. Un siècle de secrets d'État (1870-1945)*
6719. André Gide	*Correspondance. 1888-1951*
6720. Philippe Le Guillou	*La route de la mer*
6721. Philippe Le Guillou	*Le roi dort*
6722. Jean-Noël Pancrazi	*Je voulais leur dire mon amour*
6723. Maria Pourchet	*Champion*

6724. Jean Rolin	*Le traquet kurde*
6725. Pénélope Bagieu	*Culottées Livre II-partie 1*
6726. Pénélope Bagieu	*Culottées Livre II-partie 2*
6727. Marcel Proust	*Vacances de Pâques* et autres chroniques
6728. Jane Austen	*Amour et amitié*
6729. Collectif	*Scènes de lecture. De saint Augustin à Proust*
6730. Christophe Boltanski	*Le guetteur*
6731. Albert Camus et Maria Casarès	*Correspondance. 1944-1959*
6732. Albert Camus et Louis Guilloux	*Correspondance. 1945-1959*
6733. Ousmane Diarra	*La route des clameurs*
6734. Eugène Ébodé	*La transmission*
6735. Éric Fottorino	*Dix-sept ans*
6736. Hélène Gestern	*Un vertige* suivi de *La séparation*
6737. Jean Hatzfeld	*Deux mètres dix*
6738. Philippe Lançon	*Le lambeau*
6739. Zadie Smith	*Swing Time*
6740. Serge Toubiana	*Les bouées jaunes*
6741. C. E. Morgan	*Le sport des rois*
6742. Marguerite Yourcenar	*Les Songes et les Sorts*
6743. Les sœurs Brontë	*Autolouange* et autres poèmes
6744. F. Scott Fitzgerald	*Le diamant gros comme le Ritz*
6745. Nicolas Gogol	*2 nouvelles de Pétersbourg*
6746. Eugène Dabit	*Fauteuils réservés* et autres contes
6747. Jules Verne	*Cinq semaines en ballon*
6748. Henry James	*La Princesse Casamassima*
6749. Claire Castillon	*Ma grande*
6750. Fabrice Caro	*Le discours*
6751. Julian Barnes	*La seule histoire*
6752. Guy Boley	*Quand Dieu boxait en amateur*
6753. Laurence Cossé	*Nuit sur la neige*
6754. Élisabeth de Fontenay	*Gaspard de la nuit*
6755. Elena Ferrante	*L'amour harcelant*

6756.	Franz-Olivier Giesbert	*La dernière fois que j'ai rencontré Dieu*
6757.	Paul Greveillac	*Maîtres et esclaves*
6758.	Stefan Hertmans	*Le cœur converti*
6759.	Anaïs LLobet	*Des hommes couleur de ciel*
6760.	Juliana Léveillé-Trudel	*Nirliit*
6761.	Mathieu Riboulet	*Le corps des anges*
6762.	Simone de Beauvoir	*Pyrrhus et Cinéas*
6763.	Dōgen	*La présence au monde*
6764.	Virginia Woolf	*Un lieu à soi*
6765.	Benoît Duteurtre	*En marche !*
6766.	François Bégaudeau	*En guerre*
6767.	Anne-Laure Bondoux	*L'aube sera grandiose*
6768.	Didier Daeninckx	*Artana ! Artana !*
6769.	Jachy Durand	*Les recettes de la vie*
6770.	Laura Kasischke	*En un monde parfait*
6771.	Maylis de Kerangal	*Un monde à portée de main*
6772.	Nathalie Kuperman	*Je suis le genre de fille*
6773.	Jean-Marie Laclavetine	*Une amie de la famille*
6774.	Alice McDermott	*La neuvième heure*
6775.	Ota Pavel	*Comment j'ai rencontré les poissons*
6776.	Ryoko Sekiguchi	*Nagori. La nostalgie de la saison qui vient de nous quitter*
6777.	Philippe Sollers	*Le Nouveau*
6778.	Annie Ernaux	*Hôtel Casanova* et autres textes brefs
6779.	Victor Hugo	*Les Fleurs*
6780.	Collectif	*Notre-Dame des écrivains. Raconter et rêver la cathédrale du Moyen Âge à demain*
6781.	Carole Fives	*Tenir jusqu'à l'aube*
6782.	Esi Edugyan	*Washington Black*
6784.	Emmanuelle Bayamack-Tam	*Arcadie*
6785.	Pierre Guyotat	*Idiotie*
6786.	François Garde	*Marcher à Kerguelen.*
6787.	Cédric Gras	*Saisons du voyage.*

6788. Paolo Rumiz	*La légende des montagnes qui naviguent.*
6789. Jean-Paul Kauffmann	*Venise à double tour*
6790. Kim Leine	*Les prophètes du fjord de l'Éternité*
6791. Jean-Christophe Rufin	*Les sept mariages d'Edgar et Ludmilla*
6792. Boualem Sansal	*Le train d'Erlingen ou La métamorphose de Dieu*
6793. Lou Andreas-Salomé	*Ce qui découle du fait que ce n'est pas la femme qui a tué le père* et autres textes psychanalytiques
6794. Sénèque	*De la vie heureuse* précédé de *De la brièveté de la vie*
6795. Famille Brontë	*Lettres choisies*
6796. Stéphanie Bodet	*À la verticale de soi*
6797. Guy de Maupassant	*Les Dimanches d'un bourgeois de Paris* et autres nouvelles
6798. Chimamanda Ngozi Adichie	*Nous sommes tous des féministes* suivi du *Danger de l'histoire unique*
6799. Antoine Bello	*Scherbius (et moi)*
6800. David Foenkinos	*Deux sœurs*
6801. Sophie Chauveau	*Picasso, le Minotaure. 1881-1973*
6802. Abubakar Adam Ibrahim	*La saison des fleurs de flamme*
6803. Pierre Jourde	*Le voyage du canapé-lit*
6804. Karl Ove Knausgaard	*Comme il pleut sur la ville. Mon combat - Livre V*
6805. Sarah Marty	*Soixante jours*
6806. Guillaume Meurice	*Cosme*
6807. Mona Ozouf	*L'autre George. À la rencontre de l'autre George Eliot*
6808. Laurine Roux	*Une immense sensation de calme*
6809. Roberto Saviano	*Piranhas*

6810.	Roberto Saviano	*Baiser féroce*
6811.	Patti Smith	*Dévotion*
6812.	Ray Bradbury	*La fusée* et autres nouvelles
6813.	Albert Cossery	*Les affamés ne rêvent que de pain*
6814.	Georges Rodenbach	*Bruges-la-Morte*
6815.	Margaret Mitchell	*Autant en emporte le vent I*
6816.	Margaret Mitchell	*Autant en emporte le vent II*
6817.	George Eliot	*Felix Holt, le radical.* À paraître
6818.	Goethe	*Les Années de voyage de Wilhelm Meister*
6819.	Meryem Alaoui	*La vérité sort de la bouche du cheval*
6820.	Unamuno	*Contes*
6821.	Leïla Bouherrafa	*La dédicace.*
6822.	Philippe Djian	*Les inéquitables*
6823.	Carlos Fuentes	*La frontière de verre.* Roman en neuf récits
6824.	Carlos Fuentes	*Les années avec Laura Díaz.* Nouvelle édition augmentée
6825.	Paula Jacques	*Plutôt la fin du monde qu'une écorchure à mon doigt.*
6826.	Pascal Quignard	*L'enfant d'Ingolstadt. Dernier royaume X*
6827.	Raphaël Rupert	*Anatomie de l'amant de ma femme*
6828.	Bernhard Schlink	*Olga*
6829.	Marie Sizun	*Les sœurs aux yeux bleus*
6830.	Graham Swift	*De l'Angleterre et des Anglais*
6831.	Alexandre Dumas	*Le Comte de Monte-Cristo*
6832.	Villon	*Œuvres complètes*
6833.	Vénus Khoury-Ghata	*Marina Tsvétaïéva, mourir à Elabouga*
6834.	Élisa Shua Dusapin	*Les billes du Pachinko*
6835.	Yannick Haenel	*La solitude Caravage*
6836.	Alexis Jenni	*Féroces infirmes*

6837.	Isabelle Mayault	*Une longue nuit mexicaine*
6838.	Scholastique Mukasonga	*Un si beau diplôme !*
6839.	Jean d'Ormesson	*Et moi, je vis toujours*
6840.	Orhan Pamuk	*La femme aux cheveux roux*
6841.	Joseph Ponthus	*À la ligne. Feuillets d'usine*
6842.	Ron Rash	*Un silence brutal*
6843.	Ron Rash	*Serena*
6844.	Bénédicte Belpois	*Suiza*
6845.	Erri De Luca	*Le tour de l'oie*
6846.	Arthur H	*Fugues*
6847.	Francesca Melandri	*Tous, sauf moi*
6848.	Eshkol Nevo	*Trois étages*
6849.	Daniel Pennac	*Mon frère*
6850.	Maria Pourchet	*Les impatients*
6851.	Atiq Rahimi	*Les porteurs d'eau*
6852.	Jean Rolin	*Crac*
6853.	Dai Sijie	*L'Évangile selon Yong Sheng*
6854.	Sawako Ariyoshi	*Le crépuscule de Shigezo*
6855.	Alexandre Dumas	*Les Compagnons de Jéhu*
6856.	Bertrand Belin	*Grands carnivores*
6857.	Christian Bobin	*La nuit du cœur*
6858.	Dave Eggers	*Les héros de la Frontière*
6859.	Dave Eggers	*Le Capitaine et la Gloire*
6860.	Emmanuelle Lambert	*Giono, furioso*
6861.	Danièle Sallenave	*L'églantine et le muguet*
6862.	Martin Winckler	*L'École des soignantes*
6863.	Zéno Bianu	*Petit éloge du bleu*
6864.	Collectif	*Anthologie de la littérature grecque. De Troie à Byzance*
6865.	Italo Calvino	*Monsieur Palomar*
6866.	Auguste de Villiers de l'Isle-Adam	*Histoires insolites*
6867.	Tahar Ben Jelloun	*L'insomniaque*
6868.	Dominique Bona	*Mes vies secrètes*
6869.	Arnaud Cathrine	*J'entends des regards que vous croyez muets*
6870.	Élisabeth Filhol	*Doggerland*

6871.	Lisa Halliday	*Asymétrie*
6872.	Bruno Le Maire	*Paul. Une amitié*
6873.	Nathalie Léger	*La robe blanche*
6874.	Gilles Leroy	*Le diable emporte le fils rebelle*
6875.	Jacques Ferrandez / Jean Giono	*Le chant du monde*
6876.	Kazuo Ishiguro	*2 nouvelles musicales*
6877.	Collectif	*Fioretti. Légendes de saint François d'Assise*
6878.	Herta Müller	*La convocation*
6879.	Giosuè Calaciura	*Borgo Vecchio*
6880.	Marc Dugain	*Intérieur jour*
6881.	Marc Dugain	*Transparence*
6882.	Elena Ferrante	*Frantumaglia. L'écriture et ma vie*
6883.	Lilia Hassaine	*L'œil du paon*
6884.	Jon McGregor	*Réservoir 13*
6885.	Caroline Lamarche	*Nous sommes à la lisière*
6886.	Isabelle Sorente	*Le complexe de la sorcière*
6887.	Karine Tuil	*Les choses humaines*
6888.	Ovide	*Pénélope à Ulysse* et autres lettres d'amour de grandes héroïnes antiques
6889.	Louis Pergaud	*La tragique aventure de Goupil* et autres contes animaliers
6890.	Rainer Maria Rilke	*Notes sur la mélodie des choses* et autres textes
6891.	George Orwell	*Mil neuf cent quatre-vingt-quatre*
6892.	Jacques Casanova	*Histoire de ma vie*
6893.	Santiago H. Amigorena	*Le ghetto intérieur*
6894.	Dominique Barbéris	*Un dimanche à Ville-d'Avray*
6895.	Alessandro Baricco	*The Game*
6896.	Joffrine Donnadieu	*Une histoire de France*
6897.	Marie Nimier	*Les confidences*
6898.	Sylvain Ouillon	*Les jours*
6899.	Ludmila Oulitskaïa	*Médée et ses enfants*
6900.	Antoine Wauters	*Pense aux pierres sous tes pas*

6901. Franz-Olivier Giesbert — *Le schmock*
6902. Élisée Reclus — *La source* et autres histoires d'un ruisseau
6903. Simone Weil — *Étude pour une déclaration des obligations envers l'être humain* et autres textes
6904. Aurélien Bellanger — *Le continent de la douceur*
6905. Jean-Philippe Blondel — *La grande escapade*
6906. Astrid Éliard — *La dernière fois que j'ai vu Adèle*
6907. Lian Hearn — *Shikanoko, livres I et II*
6908. Lian Hearn — *Shikanoko, livres III et IV*
6909. Roy Jacobsen — *Mer blanche*
6910. Luc Lang — *La tentation*
6911. Jean-Baptiste Naudet — *La blessure*
6912. Erik Orsenna — *Briser en nous la mer gelée*
6913. Sylvain Prudhomme — *Par les routes*
6914. Vincent Raynaud — *Au tournant de la nuit*
6915. Kazuki Sakuraba — *La légende des filles rouges*
6916. Philippe Sollers — *Désir*
6917. Charles Baudelaire — *De l'essence du rire* et autres textes
6918. Marguerite Duras — *Madame Dodin*
6919. Madame de Genlis — *Mademoiselle de Clermont*
6920. Collectif — *La Commune des écrivains. Paris, 1871 : vivre et écrire l'insurrection*
6921. Jonathan Coe — *Le cœur de l'Angleterre*
6922. Yoann Barbereau — *Dans les geôles de Sibérie*
6923. Raphaël Confiant — *Grand café Martinique*
6924. Jérôme Garcin — *Le dernier hiver du Cid*
6925. Arnaud de La Grange — *Le huitième soir*
6926. Javier Marías — *Berta Isla*
6927. Fiona Mozley — *Elmet*
6928. Philip Pullman — *La Belle Sauvage. La trilogie de la Poussière, I*
6929. Jean-Christophe Rufin — *Les trois femmes du Consul. Les énigmes d'Aurel le Consul*

6930. Collectif — *Haikus de printemps et d'été*
6931. Épicure — *Lettre à Ménécée* et autres textes
6932. Marcel Proust — *Le Mystérieux Correspondant* et autres nouvelles retrouvées
6933. Nelly Alard — *La vie que tu t'étais imaginée*
6934. Sophie Chauveau — *La fabrique des pervers*
6935. Cecil Scott Forester — *L'heureux retour*
6936. Cecil Scott Forester — *Un vaisseau de ligne*
6937. Cecil Scott Forester — *Pavillon haut*
6938. Pam Jenoff — *La parade des enfants perdus*
6939. Maylis de Kerangal — *Ni fleurs ni couronnes* suivi de *Sous la cendre*
6940. Michèle Lesbre — *Rendez-vous à Parme*
6941. Akira Mizubayashi — *Âme brisée*
6942. Arto Paasilinna — *Adam & Eve*
6943. Leïla Slimani — *Le pays des autres*
6944. Zadie Smith — *Indices*
6945. Cesare Pavese — *La plage*
6946. Rabindranath Tagore — *À quatre voix*
6947. Jean de La Fontaine — *Les Amours de Psyché et de Cupidon* précédé d'*Adonis* et du *Songe de Vaux*
6948. Bartabas — *D'un cheval l'autre*
6949. Tonino Benacquista — *Toutes les histoires d'amour ont été racontées, sauf une*
6950. François Cavanna — *Crève, Ducon !*
6951. René Frégni — *Dernier arrêt avant l'automne*
6952. Violaine Huisman — *Rose désert*
6953. Alexandre Labruffe — *Chroniques d'une station-service*
6954. Franck Maubert — *Avec Bacon*
6955. Claire Messud — *Avant le bouleversement du monde*
6956. Olivier Rolin — *Extérieur monde*
6957. Karina Sainz Borgo — *La fille de l'Espagnole*
6958. Julie Wolkenstein — *Et toujours en été*
6959. James Fenimore Cooper — *Le Corsaire Rouge*

Tous les papiers utilisés pour les ouvrages
des collections Folio sont certifiés
et proviennent de forêts gérées durablement.

Composition Nord Compo
Impression Maury Imprimeur
45330 Malesherbes
le 16 mai 2022
Dépôt légal : mai 2022
Numéro d'imprimeur : 263070

ISBN 978-2-07-296447-3 / Imprimé en France.

401596